OS COSSACOS

LEV T

OLSTÓI

OS COSSACOS

TRADUÇÃO DE
KLARA GOURIANOVA

PROJETO GRÁFICO E ILUSTRAÇÕES
HÉLIO DE ALMEIDA

Amarilys

Copyright © Editora Manole Ltda., 2012,
por meio de contrato com a tradutora.

Amarilys é um selo editorial Manole.

Este livro contempla as regras do Acordo Ortográfico
de 1990, que entrou em vigor no Brasil.

CAPA, PROJETO GRÁFICO E ILUSTRAÇÕES
Hélio de Almeida

DIAGRAMAÇÃO E REVISÃO
Depto Editorial da Editora Manole

Tradução baseada na edição *Kazaki*. In: *Sobránie Sotchinéniy v 20 tomakh*. Moskva: Gossudárstvennoie Izdátelstvo Khudójestvennoi Literaturi, 1961

Dados Internacionais de Catalogação na Publicação (CIP)
(Câmara Brasileira do Livro, SP, Brasil)

Tolstói, Lev, 1828-1910.
Os cossacos / Lev Tolstói ; tradução de Klara Gourianova.
Barueri, SP: Manole, 2012.

Título original: Kazaki.
ISBN 978-85-204-3119-1

1. Ficção russa I. Almeida, Hélio de.
II. Título.

12-11626   CDD-891.7

Índice para catálogo sistemático:
1. Ficção : Literatura russa   891.7

Todos os direitos reservados.
Nenhuma parte deste livro poderá ser reproduzida,
por qualquer processo, sem a permissão expressa
dos editores. É proibida a reprodução por xerox.

A Editora Manole é filiada à ABDR – Associação Brasileira de
Direitos Reprográficos.

Edição brasileira – 2012

Editora Manole Ltda.
Av. Ceci, 672 – Tamboré
06460-120 – Barueri – SP – Brasil
Tel.: (11) 4196-6000 – Fax: (11) 4196-6021
www.manole.com.br | www.amarilyseditora.com.br
amarilyseditora@manole.com.br

Impresso no Brasil
Printed in Brazil

De cima para baixo, da esquerda para a direita: retrato de Tolstói por Ilya Efimovich Repin (1887); em seu escritório (1908); com sua esposa e seu filho (1870/1890); em Iasnaia Poliana (1908); e com Anton Pávlovitch Tchékhov (1900). Imagem da página 2: retrato de Tolstói por Ivan Nikolaevich Kramskói.

Os cossacos no percurso artístico de Tolstói
NATALIA QUINTERO

Lev Nikoláevitch Tolstói, nascido em 1828 em Iásnaia Poliana, no seio de uma família aristocrática, tornou-se escritor célebre já com a publicação de sua primeira obra, *Infância*, em 1852, na revista *Sovremiênnik* (O contemporâneo), na qual circulavam as mais importantes novidades literárias da época, sob a direção do poeta Nikolai Nekrássov. Ao longo dos anos, a fama de Tolstói só continuou aumentando, tornando-o reconhecido no mundo inteiro como um dos maiores autores da literatura universal.

A mais recente edição das obras completas de Lev Tolstói, disponível em língua russa, é de 90 volumes. Nessa coleção, o sexto livro está inteiramente dedicado à novela *Os cossacos*. O fato chama logo a atenção, já que não se trata de uma obra muito extensa. Contudo, existe um grande acervo de materiais relacionados à obra, entre rascunhos, anotações e variantes. Não seria um tema de grande importância, não fosse pelo fato de que o trabalho sobre a obra ocupou um lugar especial no percurso artístico do autor.

A novela, publicada pela primeira vez em 1863, na revista *Rússkii vêstnik* (O mensageiro russo), ocupou a atenção do autor durante mais de 10 anos. Quando Tolstói parte para o Cáucaso em 1851, está envolvido em um processo de autoaperfeiçoamento moral. Não tem planos bem definidos, mas espera que a permanência nessa região contribua para esse processo, por influência do contato com a natureza, dos valores e costumes da região e de situações que apenas conhecia por meio das obras de Púchkin e Lêrmontov.

Uma vez no Cáucaso, alista-se no exército como cadete, e leva a vida de um oficial da nobreza, o que frustra suas esperanças de avançar em seu aperfeiçoamento moral:

> Como vim parar aqui? Não sei. Para quê? Também não sei. Gostaria de escrever muito: acerca da viagem de Astracã à *stanitsa*[1], acerca dos cossacos, da covardia dos tártaros e acerca da estepe [...] Queria escrever muito, mas [...] estou obcecado pela preguiça [...] A natureza, na qual confiava mais do que em qualquer outra coisa quando tinha o objetivo de vir para o Cáucaso, não representa, até agora, nada atraente. A ousadia que esperava que se manifestasse em mim, também não apareceu (Tolstói, 2006, vol. 46, pag. 60 – 61).

De qualquer maneira, ocupa-se com o trabalho sobre a novela *Infância* e, paralelamente, escreve seu diário, no qual, além das tarefas do dia e programas de atividades para o futuro, anota as primeiras impressões de sua vida no Cáucaso. Tudo isso surge não com o plano definido de escrever a novela, mas por causa do sucesso de *Infância*. Tolstói começa a interessar-se seriamente por ser escritor, e tudo o que é relativo à vida caucasiana se torna o motivo predileto de seus exercícios literários. Em cadernos de anotações, folhas soltas e no diário, começam a aparecer descrições como esta, de 1851:

---

1   A *stanitsa* é uma unidade administrativa constituída por um ou vários assentamentos de cossacos. Na assembleia da *stanitsa* era eleito o governo composto pelo atamã, seu ajudante e seu tesoureiro. O atamã dividia a terra entre as famílias de cossacos. As *stanitsas* constituíam bastiões de defesa contra os ataques inimigos.

Noite clara, um ventinho fresco percorre a tenda e faz vacilar a luz da vela já consumida. Ouve-se um longínquo latir de cachorros no *aul*[2] e a chamada de verificação do sentinela [...] Noite milagrosa! A lua acabou de sair de trás de um montículo e iluminou duas pequenas e finas nuvenzinhas baixas [...] de novo, tudo fica calmo e, de novo, ouve-se só o assobio do grilo e arrasta-se uma nuvenzinha levinha e transparente do lado das estrelas longínquas e próximas (Tolstói, 2006, vol. 46, pag. 61 – 65).

A plasticidade das imagens de então ressoa em *Os cossacos*; é a mesma atenção a natureza e a representação do mesmo ambiente, a mesma percepção de harmonia e tranquilidade, mesmo que existam contrastes:

A noite era escura, quente e calma. Só numa parte do céu havia estrelas, a outra e maior parte, a das montanhas, estava fechada por uma única e enorme nuvem preta. Unindo-se às montanhas, ela ia se expandindo mais e mais e suas bordas curvas separavam-na nitidamente do profundo céu estrelado [...] A maior parte da madrugada já tinha passado. A nuvem negra, arrastando-se para o Oeste e rasgando suas bordas, abriu o céu limpo e estrelado e a lua crescente dourada brilhou sobre as montanhas. Veio um frescor sensível (Tolstói, 2012, pag. 69-70).

Aos poucos, dentro do processo de formação do escritor, não apenas o exercício de descrição de paisagens interessa a Tolstói; também a representação de caracteres e, por isso, o círculo de conhecidos e amigos se torna objeto de observação

---

2   Localidade rural dos povos turcos. Nas montanhas do Cáucaso, principalmente no Daguestão, os *aul* são povoados fortificados. As casas nos *aul* costumam ser construídas de pedra e na encosta da montanha, para defender a população de ataques inesperados. No século XIX, durante a guerra russa no Cáucaso, os *aul* foram pontos defensivos resistentes que, na maioria dos casos, só conseguiam ser tomados de assalto. No norte do Cáucaso, a população eslava tradicionalmente chama aul todas as localidades não cristãs. Para os povos do Cazaquistão, Ásia Central e Basquíria, esse termo designava, inicialmente, os povos nômades. O estabelecimento dos *aul* como localidades permanentes está ligado à passagem da vida nômade à vida sedentária durante o século XIX e começo do século XX.

e aparecem anotações que dariam vida às personagens de *Os cossacos*. Tolstói escreve em seu diário, em agosto de 1851:

> Eu cantava com grande animação. A timidez não segurou minha voz e não me fez confundir os tons; com grande prazer, eu me escutava. A vaidade, como sempre, penetrou na minha alma e pensei: "é muito agradável para mim escutar-me, mas deve ser ainda mais agradável para os outros". E ainda invejei o prazer deles, do qual eu estava privado quando de repente, ao tomar ar e prestar atenção aos sons da noite para cantar ainda com mais sentimento a seguinte estrofe, escutei um sussurro sob minha janelinha. "Quem está aí?". "Sou eu", me respondeu uma voz que não reconheci apesar de sua segurança de que essa resposta era absolutamente satisfatória. "Quem é «eu»?", perguntei desgostado com o profano que tinha perturbado meu sonho e meu canto "Eu estava indo pra casa, parei e escutei"; "Ah, Marka?"; "Sim, exato! Parece que o senhor, Vossa Excelência, permite-se cantar canções calmucas?"; "Que canções calmucas?"; "Sim, eu escutei – continuou ele sem notar minha aflição e ofensa – que a voz era parecida com as melodias deles"; "Sim, calmucas".
>
> Tinha que ser o coxo do Marka com sua conversa estúpida que estragou meu prazer. Agora está tudo acabado, já não posso continuar nem a sonhar nem a cantar. Agora me veio a ideia de que canto muito mal, que o riso que ouvi no quintal vizinho foi provocado pela minha canção. Voltei a mim sob uma impressão desagradável. Trabalhar também não pude, dormir não queria. Além disso, Marka, tal parecia, estava em boa disposição de espírito e foi um instrumento completamente inocente de minha decepção. Eu lhe manifestei meu assombro de que ele ainda não dormisse; ele me disse com muitas palavras extravagantes e incompreensíveis que tinha insônia. Entre nós se estabeleceu uma conversa. Ao saber que eu não queria dormir, pediu permissão para entrar, com a qual eu concordei, e Marka sentou-se encostando suas muletas em minha cama.
>
> A personalidade de Marka, que, no entanto, se chama Luká, é tão interessante e tão tipicamente cossaca que vale a pena ocupar-se dela. Meu senhorio, um velho dos tempos de Ermólov, o cossaco velhaco e brincalhão Iapichka, chamou-o Marka em virtude de que, como ele

fala, há três apóstolos: Luká, Mark e Nikita, o Mártir[3] e que um ou outro dá na mesma. Por isso, apelidou Lukachka[4] de Marka e o nome dele se espalhou por toda a *stanitsa*: Marka (Tolstói, 2006, tomo 46, pag, 82).

Marka ou Luká Siejin era um jovem cossaco da *stanitsa* Starogladkóvskaia. Tolstói transferiu o nome e alguns traços de sua personalidade para o Lukachka de sua novela. Já Iapichka, ou melhor, Iepichka, é Epifan Sekhin, um velho cossaco de Greben, também da *stanitsa* Starogladkóvskaia, foi o protótipo do Tio Erochka quem, analogamente, chama Lukachka de Marka na novela. Tudo isso Tolstói anotou em seu diário, ainda sem ter em vista a realização de *Os cossacos*.

Em fins de 1852, influenciado por suas leituras de Rousseau, que escrevia versos para melhorar o estilo literário, Tolstói também começa a escrever versos e, em 1853, compõe um poema no qual uma jovem cossaca procura inutilmente o olhar do amado entre todos os cossacos que retornam da campanha. No entanto, o corpo dele, coberto com uma capa de feltro, é levado sobre um cavalo. A moça se chama Mariana. Tolstói escreveria no seu diário que os versos eram "repulsivos", mas não abandonou a protagonista, que entrou em seus *Cossacos*.

Em agosto de 1853 escreve pela primeira vez: "hoje pela manhã comecei a escrever uma novela cossaca" (Tolstói, 2006, tomo 46, pag. 173). Daí em diante as referências ao

---

[3] Nikita, o Godo, ou o Mártir, foi um dos principais evangelizadores da região norte do Mar Negro. Morreu martirizado e suas relíquias estão em Kosovo. É venerado pelas igrejas Ortodoxa e Católica.

[4] Na língua russa é muito comum o uso de hipocorísticos. Aqui Lukachka é a forma carinhosa de Luká, Marka de Mark, e Iapichka ou Iepichka de Epifan.

projeto de escrever a novela se tornam explícitas, se bem que mais escassas até 1856. Nesse período, Tolstói estava comprometido com diversos assuntos: trabalha em *Adolescência*, transfere-se para o Exército do Danúbio, participa do Cerco de Sebastopol, escreve e publica *Os contos de Sebastopol*, viaja a Petersburgo, onde entra no círculo dos escritores mais proeminentes de sua época, e recebe a baixa do exército para dedicar-se exclusivamente à literatura. Aparecem então *A nevasca*, *Dois hussardos*, *A manhã de um proprietário* e *Encontro no destacamento*. Mas tudo isso não significa que tenha abandonado sua ideia de escrever uma obra caucasiana. Também pertencem a esse período anotações sobre a releitura de Púchkin e Lêrmontov, que mostram o significado que o Cáucaso adquire para ele:

> Achei o começo de Izmail-Beia extremamente bom. Pode ser que tenha me parecido assim, mais do que nada, porque começo a amar o Cáucaso [...] com um amor intenso. É realmente boa esta região selvagem onde tão estranha e poeticamente se unem as duas coisas mais contraditórias: a guerra e a liberdade [...] Em Púchkin me impressionaram *Os ciganos* a quem, coisa estranha, não tinha entendido até agora (Tolstói, 2006, tomo 47, pag. 10).

Nos anos 1857 e 1858, encontram-se bastantes referências à escrita da novela mas, mesmo assim, ela não chega a ser concluída. Depois, por um longo período, Tolstói se ocupou, principalmente, da escrita de *Juventude*, e raras vezes se encontram referências ao trabalho na novela *Os cossacos*. Após a viagem pela Europa (que inspirou Tolstói na redação de *Lucerna*), por fim, em 17 de fevereiro de 1860, aparece nova menção importante ao projeto de escrever a novela do Cáucaso: "Escrever *Os cossacos* (o mais importante, sem interrupções)" (Tolstói, 2006, tomo 48, pag. 24). Mais uma vez, o plano não se concretizou. No fim de junho desse ano, Tolstói perde seu irmão mais querido (Nikolai Nikoláevitch). Depois disso, parte em sua última viagem ao estrangeiro com o intuito específico de estudar os modelos pedagógicos vigentes nas escolas europeias. Lá fica 6 meses; volta para casa e aos poucos retoma o curso de sua vida. No período de 1861-1862, continua envolvido em suas atividades pedagógicas - a escola de Iásnaia Poliana - e trabalha na escrita de outras obras (*Polikuchka, Tikhon e Malania* e *Kholstomer*). Além disso, no outono de 1862, aos 34 anos de idade, casa-se com Sófia Andriévna Bers, fato que representa uma importantíssima mudança em sua vida pessoal e artística.

Em sua situação de homem recém-casado e com a expectativa de formar uma família, surge a necessidade de pôr em ordem todos os assuntos financeiros. Em novembro desse mesmo ano, Tolstói empreende a tarefa de organizar seus materiais referentes a *Os cossacos*, e em 19 de dezembro escreve no seu diário: "Terminei a primeira parte de *Os cossacos*" (Tolstói, 2006, tomo 48, pag. 47). Tolstói esperava ainda elaborar os materias do motivo caucasiano, e assim transformar sua novela em um romance. Por volta de 1865, dois anos depois da publicação da novela e já envolvido com a escrita de *Guerra e paz*, ainda pensa nesse objetivo, mas não chega a realizá-lo. O material elaborado e organizado até o fim de 1862 foi entregue a Mikhail Nikíforovitch Katkov, diretor da revista *Russkii vêstnik*, em pagamento de uma dívida de jogo, como explica Tolstói em carta de 7 de fevereiro de 1862:

> Estou aqui em Moscou. Como sempre, paguei o tributo a minha paixão pelo jogo, e perdi tanto que me coloquei em um aperto. Em consequência, como castigo e para endireitar a situação, peguei 1000 rublos do Katkov e prometi entregar-lhe meu romance caucasiano

neste ano. Pensando bem, estou muito contente com isso. Se não fosse assim, esse romance, do qual muito mais do que a metade está escrita, ficaria largado eternamente e seria usado para cobrir as frestas das janelas (Tolstói, 2006, tomo 60, pag. 417).

E assim terminam as peripécias da elaboração e publicação da obra. Apesar das muitas expectativas frustradas de reelaboração, *Os cossacos* representa um momento criativo muito importante no conjunto da obra tolstoiana. A novela é, em si mesma, a passagem do escritor jovem para o escritor adulto. O longo processo de observação, anotação, pesquisa, recriação literária da experiência pessoal e a organização dos vastos materiais constituem o desenvolvimento de um método que habilita o autor para o grande gênero: o romance. Com certeza, graças a essa experiência foram possíveis *Guerra e paz* e *Anna Kariênina*. Por outro lado, o motivo do Cáucaso que Tolstói não abandonaria durante toda a sua vida (escreveu *O prisioneiro do Cáucaso* em 1872 e *Khadji-Murát*, que foi publicado postumamente) já desvenda aqui todo o seu significado. É nesse cenário em que Tolstói consegue formular grandes questões de seu pensamento pela vez primeira.

Experiência semelhante é a do jovem Olénin de *Os cossacos*. Sai de Moscou cheio de perguntas, convicto de não ter sentido amor nem uma só vez na vida, sem poder compreender que coisa é o amor, para que ele existe ou se existe realmente ou não. Só entende o sentido da existência e o significado do amor quando é capaz de colocar-se no seu lugar certo no conjunto da natureza:

> Ele imaginou claramente o que [os mosquitos] pensavam e o que zuniam: "Para cá, rapazes! Esse aqui pode ser comido!" E ficou claro também que ele não era um nobre russo coisa nenhuma, nem membro da sociedade moscovita, ou amigo e parente do fulano e do sicrano, mas

apenas um simples mosquito, ou faisão, cervo, igual àqueles que habitavam em sua volta (Tolstói, 2012, pag. 142).

E de repente, Olénin sentiu, como uma iluminação, que tinha encontrado o sentido da vida: ser feliz. E ser feliz significava viver para os outros, como vive cada ser na natureza. Nela, ninguém fica à toa. Cada ser, com o curso normal de sua existência, contribui para o desenvolvimento de todos os demais. O homem, para conseguir fazer sua contribuição ao desenvolvimento harmônico de seus semelhantes e de todos os seres, precisa superar o egoísmo e amar; amar todo mundo, amar cada ser:

> "Pensei muito e mudei muito nesses últimos tempos", escrevia ele, "e cheguei ao beabá. Para ser feliz é preciso apenas amar e amar com abnegação, amar tudo e a todos, expandir a teia de amor para todos os lados: pegar todos os que caírem nela. Assim eu peguei Vaniucha, tio Ierochka, Lukachka e Marianka." (Tolstói, 2012, pag. 188.)

Mas logo Tolstói também faz com que seu herói perceba que essa ideia de amor é apenas um ideal elevado, difícil, se não impossível de cumprir, e assim Olénin, apesar da convicção de olhar para Mariana do mesmo modo como contemplava a beleza das montanhas, entrega-se ao sentimento e diz a si mesmo: " 'Tudo o que eu pensava antes era besteira – o amor, a abnegação, Lukachka. Só existe uma felicidade: quem está feliz, está com a razão', passou pela sua cabeça. E com uma força inesperada para ele mesmo, Olénin abraçou Mariana e beijou-a na têmpora e na face" (Tolstói, 2012, pag. 170-171).

Só o Tolstói maduro conseguirá resolver o impasse entre ideal e prática, mas o importante é notar aqui como a natureza que frustrara as esperanças do jovem Tolstói de 1852 fala eloquentemente para o Tolstói mais maduro de 1862:

O Cáucaso era completamente diferente daquilo que ele imaginara. Não encontrou ali nada parecido com seus sonhos nem com as descrições que tinha ouvido ou lido. "Não há nada de *burkas*, precipícios, Amalat-bekes, heróis ou facínoras", pensava ele. "As pessoas vivem como vive a natureza: nascem, morrem, casam-se, nascem novamente, bebem, comem, alegram-se, brigam, morrem outra vez e nada de condições além daquelas irrevogáveis, que a natureza impôs ao sol, à relva, aos bichos e às árvores. Eles não têm outras leis..." E por isso essas pessoas, em comparação com ele, pareciam- lhe belas, fortes e livres (Tolstói, 2012, pag. 181).

Com olhar adulto, Tolstói percebe que é no que há de repetitivo, de cíclico, que se revela o verdadeiramente extraordinário da natureza: sua eterna harmonia perfeita na qual o convívio equilibrado de todos os seres e acontecimentos torna-os "belos, fortes e livres". Essa ideia permanece em Tolstói ao longo da vida, e ele a realiza artisticamente, de forma magistral, em sua novela *Khadji-Murát* na qual, não por acaso, o autor volta para o Cáucaso: é nesse espaço que lhe foi dado apontar para as questões essenciais da vida.

A novela *Os cossacos* representa o elo fundamental entre as primeiras inquietações filosóficas e estéticas de Tolstói. Por aqui precisamos passar para melhor compreendermos a criação artística e o pensamento tolstoianos como um todo coerente, também com todas as contradições. No fim da vida, Tolstói encarnou, em sua fuga de casa, a decisão de tornar consequentes seu pensamento e seu estilo de vida. Nesse ato, ele resolve a questão central comum ao jovem e ao tardio Tolstói, e também a seu herói Olénin:

"Será que ser um simples cossaco, viver junto à natureza e ainda fazer o bem para os outros é mais tolo que sonhar com ser ministro ou coronel?" (Tolstói, 2012, pag. 175.)

Algumas palavras sobre os cossacos

Os cossacos são um grupo social de diversas origens étnicas, que formaram seus assentamentos, as *stanitsas*, em parte do território da Ucrânia atual e no sul da Rússia. Não se sabe com exatidão quando começaram seus assentamentos, mas ao longo dos séculos se estenderam para outras regiões da Rússia, inclusive a Sibéria.

Na época do Império Russo, os cossacos, com seu exército de cavalaria, mantinham aliança com o exército do tzar, na defesa do território da Rússia que era também seu território, contra os ataques de turcos, tchetchenos, poloneses e outros inimigos. Mas os cossacos tinham também um governo próprio, liderado pelo atamã, que não se submetia à autoridade do tzar. Isso determinava toda a organização social nas *stanitsas*, onde havia, portanto, uma dinâmica de vida singular.

Por causa disso, é motivo recorrente na novela de Tolstói o contraste explícito entre os costumes e a visão de mundo de russos e cossacos, que explica bem o porquê de vovó Ulita não receber bem Olénin e Vaniucha, e o porquê de Tio Ierochka e Marianka manifestarem, permanentemente, seu estranhamento diante dos russos.

Alguns cossacos se tornaram famosos por liderar rebeliões contra a autoridade imperial e suas histórias foram imortalizadas em arte e literatura. É o caso, por exemplo, de Emelian Pugachiov (1742 – 1775), representado por Púchkin na sua novela A *filha do capitão*, ou Stepan Rázin (1630 – 1671), que tem sido protagonista desde relatos da tradição oral até canções populares muito conhecidas na Rússia, além de pinturas, gravuras e filmes, a ópera de Nikolai Afanásiev *Stienka Rázin* e os poemas sinfônicos de Aleksandr Glazunov, *Stienka Rázin* e Dmitri Chostakóvitch, *A execução de Stepan Rázin*. As histórias de luta desses cossacos até a morte, em defesa de seu ideal de autonomia diante do tzar, contribuíram para formar a ideia do cossaco como símbolo da liberdade. Também Olénin, na novela de Tolstói, experimenta o fascínio por esse ideal.

Referências

1. Tolstói, Lev Nikoláevitch. *Os cossacos*. São Paulo: Manole, 2012.
2. Tolstói, Lev Nikoláevitch. *Polnoe sobranie sotchinienii*. Tom 6. Kazaki. Moskva: Rossiiskaia Gosudarstvennaia Biblioteka. 2006.
3. Tolstói, Lev Nikoláevitch. *Polnoe sobranie sotchinienii*. Tom 46. Dnevnik 1847 – 1854. Moskva: Rossiiskaia Gosudárstvennaia Biblioteka. 2006.
4. Tolstói, Lev Nikoláevitch. *Polnoe sobranie sotchinienii*. Tom 47. Dnevnik 1847 – 1854. Moskva: Rossiiskaia Gosudárstvennaia Biblioteka. 2006.
5. Tolstói, Lev Nikoláevitch. *Polnoe sobranie sotchinienii*. Tom 48. Dnevnik 1847 – 1854. Moskva: Rossiiskaia Gosudárstvennaia Biblioteka. 2006.
6. Tolstói, Lev Nikoláevitch. *Polnoe sobranie sotchinienii*. Tom 60. Dnevnik 1847 – 1854. Moskva: Rossiiskaia Gosudárstvennaia Biblioteka. 2006.

Legendas

N.E. – nota do editor
N.O. – nota do original
N.T. – nota da tradutora

As palavras e passagens que aparecem em negrito durante o livro são destaques feitos pelo autor na edição original.

OS COSSACOS

I

Tudo se aquietou em Moscou. Raramente ouve-se um estridente ranger de rodas na rua invernal. Não há luz nas janelas e apagaram-se os lampiões. O repique dos sinos das igrejas ondula sobre a cidade adormecida, anunciando a madrugada. As ruas estão vazias. Em alguma delas, um cocheiro noturno deixa dois rastros estreitos com os patins do trenó, misturando a neve com a areia e, chegando à próxima esquina, cochila, esperando pelo passageiro. Uma velhinha caminha para a igreja, onde as velas acesas, colocadas afastadas uma da outra assimetricamente, são refletidas em vermelho na guarnição dourada dos ícones. Operários já se levantam após a longa noite invernal e vão para o trabalho. Mas, para os senhores, ainda é noite.

Numa das janelas do Chevalier[1], por uma fresta da veneziana mal fechada, passa luz, o que é ilegal. Perto do portão está uma carruagem, trenós e caleches juntos, traseiras com traseiras. Uma troica de correio também está ali. O guarda da rua, encolhido em agasalhos, parece se esconder na esquina da casa.

---

1 N.O.: nome do proprietário do hotel e restaurante em Moscou.

"E para que falam tanto? Só por falar! Ficam chovendo no molhado", pensa o lacaio de faces cavadas, sentado na antessala. "E sempre no meu plantão!". Do quarto ao lado ouvem-se as vozes de três jovens. Estão perto da mesa com os restos do jantar e vinhos. Um deles, miúdo, magro e tonto, está sentado, seguindo com os olhos bondosos e cansados aquele que está de partida. O outro, alto, está deitado no sofá perto da mesa, cheia de garrafas vazias, e brinca com a chavezinha do relógio. O terceiro, de peliça curta, bem novinho, perambula sorridente pelo quarto, para de vez em quando, descasca amêndoas com os dedos bastante grossos e fortes, mas com as unhas polidas; seus olhos e faces ardem. Fala gesticulando e com entusiasmo, mas dá a impressão de não encontrar as palavras e todas que lhe vêm à mente parecem-lhe insuficientes para expressar o que tem dentro do coração. E não para de sorrir.

— Agora posso falar tudo! Não é que esteja me justificando, mas gostaria que você me entendesse assim, como eu me entendo e não como o vulgo olha para isso. Você diz que sou culpado perante ela — dirige-se ele ao que olha para ele com bondade.

— Sim, é culpado — responde o miúdo e tonto e parece que no seu olhar tem ainda mais bondade e cansaço.

— Sei por que diz isso — prossegue o jovem viajante. — A seu ver, ser amado proporciona a mesma felicidade que amar e é suficiente para a vida inteira, se o conseguir.

— Sim, é bem suficiente, meu querido! Mais do que suficiente — confirma o miúdo tonto, abrindo e fechando os olhos.

— Mas por que eu não amo? — diz o viajante, que fica pensativo e olha para o amigo como que com compaixão. — Por que não amar? Não há amor. Não, ser amado é uma des-

graça, uma desgraça quando você se sente culpado por não sentir o mesmo. Ah, meu Deus! — Ele fez um gesto de desespero com a mão. — Se tudo isso acontecesse de uma maneira racional, mas não, acontece o contrário, não à nossa, mas à sua própria maneira. É como se eu tivesse roubado esse sentimento. Você também pensa assim; não negue, deve pensar assim. E sabe que de todas as besteiras e patifarias que fiz, e fiz muitas na minha vida, essa é a única da qual não me arrependo e nem sou capaz de me arrepender. Nem no início, nem depois, eu não menti a mim mesmo e não menti a ela. Pareceu-me que finalmente estava amando, mas depois vi que foi um engano involuntário, que não é assim que se ama e não pude ir adiante, mas ela foi. Será que tenho culpa de não ter sido capaz? O que deveria ter feito?

— Bem, agora está tudo acabado! — disse o amigo, acendendo um charuto para afugentar o sono. — Só que tem uma coisa: você não amou ainda e não sabe o que é amar.

O de peliça outra vez quis dizer alguma coisa e agarrou sua própria cabeça com as duas mãos, mas não conseguiu expressar aquilo que queria.

— Não amei! Sim, é verdade, não amei. Mas há em mim o desejo de amar e não existe desejo mais forte! E outra, será que existe esse tal amor? Sempre fica algo incompleto. Ah, não tenho o que dizer! Fiz uma confusão, uma confusão na minha vida! Mas agora tudo acabou. E sinto que começa uma nova vida.

— Na qual você vai fazer confusão de novo — disse o rapaz deitado no sofá, brincando com a chavezinha. Mas o viajante não o escutou.

— Sinto tristeza e alegria por estar partindo — prosseguiu ele. — Por que a tristeza? Não sei.

E começou a falar somente de si mesmo, sem notar que aos outros isso não era tão interessante quanto a ele próprio. O ser humano nunca é tão egoísta como no momento em que está dominado pelo entusiasmo. Parece-lhe que não há nada mais belo e interessante do que a sua pessoa.

— Dmítri Andrêievitch, o cocheiro não quer esperar! — disse um jovem criado, de casaco de pele e cachecol. — Os cavalos estão aí desde a meia-noite, e agora são quatro.

Dmítri Andrêievitch olhou para o seu servo Vaniucha. E nesse seu cachecol, nas botas de feltro, na sua cara de sono, ele ouviu a voz de outra vida que o chamava – vida de labor, privações, atividades.

— É, então é adeus mesmo! — disse ele, verificando se todos os ganchos da peliça estavam fechados.

Apesar do conselho de prometer pagar mais vodca ao cocheiro, ele colocou o gorro e ficou no meio do quarto. Eles se abraçaram e se beijaram uma vez, duas vezes, pararam e depois se beijaram pela terceira vez. Aquele que estava de peliça chegou até a mesa e bebeu de um cálice que estava lá, pegou na mão do miúdo e tonto e corou.

— Todavia, apesar de tudo, eu vou lhe dizer... Preciso e posso ser franco com você, porque te adoro... Você a ama? Sempre achei isso... Sim?

— Sim — respondeu o amigo, sorrindo mais docilmente ainda.

— E talvez...

— Com licença, tenho ordem de apagar as velas — disse o lacaio com cara de sono, que ficou ouvindo a conversa e pensando por que esses senhores sempre falavam as mesmas coisas. — Faço a conta em nome de quem? Do senhor? — acrescentou ele, dirigindo-se ao alto, sabendo de antemão a quem deveria se dirigir.

— No meu — disse o alto. — Quanto?

— Vinte e seis rublos.

O alto ficou pensativo por um instante, porém não disse nada e pôs a conta no bolso.

Os outros dois continuavam conversando alheios a isso.

— Adeus! Você é um rapaz excelente! — disse o senhor miúdo e tonto de olhos dóceis.

Nos olhos dos dois brotaram lágrimas. Eles saíram para a soleira.

— Ah, sim! — disse o viajante, corando e dirigindo-se ao alto. — Quando acertar a conta com o Chevalier, escreva-me.

— Está bem, está bem — disse o alto, colocando as luvas. — Tenho inveja de você! — acrescentou ele inesperadamente.

O viajante acomodou-se no trenó, enrolou-se num casaco de pele e disse: — Então, vamo-nos! — e chegou a se deslocar para dar lugar àquele que o invejava; sua voz tremia.

O acompanhante disse:

— Adeus, Mítia, Deus queira que... — Ele não desejava nada, exceto que o viajante fosse embora o quanto antes, por isso não completou a frase. Ficaram calados. Mais uma vez alguém disse: "Adeus". Mais alguém disse: "Vai!" E o cocheiro foi.

— Elizar, a carruagem!

Os fretistas e o cocheiro acordaram, começaram a estalar os lábios, puxar as rédeas. A gélida carruagem esganiçou na neve.

— Bom rapaz esse Olénin — disse um dos acompanhantes. — Mas que vontade é essa de ir para o Cáucaso e ainda como cadete? Você vai almoçar amanhã no clube?

— Vou.

E os acompanhantes se separaram.

O viajante sentia calor, muito calor naquele casaco de peles. Sentou-se no fundo do trenó, abriu o casaco, e a troica, de pelos eriçados, foi se arrastando por ruas sem iluminação, com casas nunca vistas por ele. Parecia-lhe que somente os viajantes passavam por essas ruas. Em volta, reinava a escuridão, o silêncio, o abandono, mas dentro dele havia tantas lembranças, amor, compaixão e lágrimas doces que o sufocavam.

II

"Amo-os! Amo muito! Bons rapazes! Como é bom!", repetia ele, querendo chorar. Mas por que essa vontade de chorar? Quem eram esses bons rapazes? Quem ele amava? Ele não sabia direito. Vez ou outra olhava atentamente para alguma casa e estranhava: por que foi construída de modo tão esquisito? Ou o surpreendia o fato de que o postilhão e Vaniucha, pessoas totalmente estranhas, estivessem tão perto dele e também recebessem os solavancos e chacoalhões toda vez que os cavalos atrelados ao lado puxavam os tirantes congelados. E falava novamente: "Bons rapazes, amo vocês". E até disse uma vez: "O quanto puder! Ótimo!". Ele mesmo ficou surpreso com o que disse e perguntou-se: "Será que estou bêbado?" Se bem que tinha bebido duas garrafas de vinho, mas não foi só o vinho que produziu esse efeito em Olénin. Lembrava-se de todas as palavras cordiais, como lhe parecia, de amizade, ditas a ele pudicamente e como que sem querer antes dele partir. Lembrava-se de apertos de mãos, olhares, reticências, o som da voz que pronunciou: "**Adeus, Mítia!**" quando ele já estava no trenó. Lembrava-se da sua própria franqueza determinada. Tudo isso tinha um significado comovente. Parecia que antes de sua partida, não apenas amigos e parentes, não apenas pessoas indiferentes, mas as antipáticas e malévolas – todos, de repente, tinham combinado amá-lo mais e perdoá-lo, como se fosse a véspera de sua morte. "Talvez eu não volte do Cáucaso", pensou ele. E parecia-lhe que amava seus amigos e mais alguém. E sentia pena de si mesmo. Mas não era o amor aos amigos que tanto abrandava e amolecia seu coração, a ponto de pronunciar sem querer palavras sem sentido, e não era o amor a uma mulher (ele ainda não tinha amado) que o tinha deixado nesse estado. Foi o amor a si próprio, amor ardente, cheio de esperanças, amor jovem por tudo que havia de bom nele (e agora achava que nele só havia coisas boas), que o fazia chorar e balbuciar palavras sem nexo.

Olénin era um jovem que não tinha se formado em coisa alguma, nunca trabalhara (só constava como funcionário em alguma repartição pública), que esbanjara metade de sua fortuna e, até completar vinte e quatro anos, não havia escolhido nenhuma carreira e nada fazia. Era aquilo que na sociedade moscovita chamam de "jovem".

Aos dezoito anos Olénin era tão livre como podiam ser livres nos anos mil oitocentos e quarenta somente os jovens russos de famílias ricas que ficavam prematuramente sem pais. Não tinha grilhões físicos nem morais; podia fazer qualquer coisa, não precisava de nada e nada o prendia. Não tinha nem família, nem pátria, nem fé, nem necessidades. Não acreditava em nada e não levava nada em conta. Mas o fato de não levar nada em conta não significava que ele fosse um jovem sombrio, entediado e sentencioso; pelo contrário, ele se entusiasmava sempre. Decidiu que o amor não existe, mas a presença de uma mulher bonita sempre fazia seu coração parar. Sabia há tempos que honras e títulos são tolices, porém sentia prazer quando, no baile, o príncipe Serguei aproximava-se dele e lhe dirigia palavras carinhosas. E entregava-se às suas paixões enquanto elas não o prendessem. Pois instintivamente procurava romper com esse sentimento ou ideia e recuperar sua liberdade logo que começava a sentir a aproximação do trabalho e da luta, uma luta mesquinha com a vida. Assim ele começava a sua vida mundana, o serviço, a economia doméstica, a música, à qual pensara outrora em se dedicar, e até o amor às mulheres, no qual não acreditava. Ele meditava sobre onde poderia aplicar todo esse vigor da juventude que há no homem só uma vez na vida – seria nas artes, nas ciências, no amor pelas mulheres ou em atividades práticas – não a força da inteligência ou do coração, mas aquele ímpeto que não pode ser repetido, aquele poder dado ao homem uma única vez para fazer de si tudo o que quiser e, como lhe parecia, fazer o que quiser do mundo inteiro. Verdade é que há pessoas privadas desse ímpeto, que logo no começo da vida põem as mãos à primeira obra que surgir e trabalham honestamente até o fim. Mas Olénin sentia forte demais dentro de si a presença desse onipotente deus da juventude, essa capacidade de se transformar num só desejo, numa só ideia, a capacidade de querer e fazer, a capacidade de se jogar de cabeça num abismo sem fundo, sem saber por que nem para quê.

Saindo de Moscou, ele tinha aquele estado de espírito jovem e feliz, quando, ao se conscientizar de todos os erros anteriores, o jovem diz a si mesmo que tudo o que houve não era nada, era apenas circunstancial e insignificante, que antes ele queria levar uma vida certinha, mas que agora começa uma outra vida, na qual não haverá mais erros, não haverá arrependimentos, mas com certeza só felicidade.

Como acontece nas viagens longas, nas primeiras duas ou três paradas, a imaginação permanece no lugar do qual se sai e depois, de repente, na primeira manhã da viagem, transporta-se para o ponto de destino e já começa a construir lá os castelos do futuro. Foi assim que aconteceu com Olénin.

Ao sair da cidade, olhou para os campos nevados, sentiu-se contente por estar sozinho no meio desses campos, enrolou-se no casaco de peles, deitou-se no fundo do trenó, acalmou-se e adormeceu.

A despedida dos amigos comoveu-o; lembrou-se do último inverno passado em Moscou e as imagens desse passado, intercaladas por pensamentos vagos e censuras, começaram a surgir espontaneamente em sua memória.

Lembrou-se do amigo que esteve na despedida e os sentimentos dele em relação à moça da qual estavam falando. A moça era rica. "Como ele pôde amá-la se ela amava a mim?" pensava ele, e más suspeitas vieram a sua cabeça. "Pensando bem, há muita desonestidade nas pessoas. E eu, por que não amei ainda, realmente?", surgiu a pergunta. "Todos me dizem: não amei ainda. Será que sou um monstro moral?" E começou a lembrar-se de seus namoros. Lembrou-se do começo de sua vida mundana e da irmã de um de seus amigos, com quem passava as noites sentado à mesa, a luz do abajur iluminava seus finos dedos trabalhando e a parte inferior do seu lindo rosto delgado. Lembrava-se das conversas arrastadas, o embaraço geral, o constrangimento e o constante sentimento de revolta contra essa tensão. Uma voz lhe dizia: "não é isso, não é isso" e, realmente, não foi. Depois, lembrou-se do baile e da mazurca com a bela D. "Como eu estava apaixonado naquela noite, como estava feliz! E como foi dorido e lamentável quando acordei no dia seguinte sentindo-me livre! Por que não vem esse amor, não me amarra as mãos e os pés?", pensava ele. "Não, o amor não existe, não existe! A vizinha, a grã-senhora que amava as estrelas e dizia isso a mim, a Dubróvin e ao decano da nobreza, também não era isso". Eis que surgiram as lembranças de sua atividade no campo e outra vez não encontrou nada em sua memória em que lhe desse gosto de permanecer. "Por quanto tempo eles vão comentar minha partida?", veio-lhe à cabeça de repente. "E quem são esses 'eles'?", nem ele sabe. E, em seguida, fez uma careta e emitiu sons ininteligíveis: era a lembrança de *monsieur* Capele e dos seiscentos e setenta e oito rublos que ficara devendo ao alfaiate, das palavras com as quais rogara-lhe que esperasse mais um ano, e a expressão de perplexidade e de submissão ao destino no rosto do alfaiate. — Oh, meu Deus, meu Deus! — repete ele, apertando os olhos e tentando afugentar o pensamento intolerável. "Todavia ela me amava, apesar de tudo", pensava ele, referindo-se à moça da qual se falou na noite da despedida. "Sim, casando-me com ela, eu não teria dívidas. E agora fiquei devendo a Vassíliev." E surge diante dele a última noite do jogo com o sr. Vassíliev, no clube, para onde se dirigiu ao sair da casa dela, e lembrara-se das súplicas humilhantes para que continuasse o jogo e das frias recusas de Vassíliev. "Um ano de economias e tudo será pago. E que vão pro diabo todos eles..." Mas, apesar dessa certeza, ele volta a contar as dívidas, relembrar seus prazos e o tempo previsto para sua liquidação. "Mas fiquei devendo também a Morele, além de Chevalier", lembra-se ele de mais uma e de toda aquela noite, quando se endividou tanto. Foi uma bebedeira com ciganos, invenção do pessoal que chegou de Petersburgo: Sachka B***, oficial da corte, o príncipe D*** e aquele velho importante... "E por que esses senhores são tão contentes consigo mesmos?", pensou ele. "E em que base eles formam esse círculo especial, do qual participar é um privilégio para os outros, segundo eles? Só porque são oficiais da corte? Mas que horror! Considerar todos os outros uns bobos ou infames! Eu, pelo contrário, demonstrei que não tenho vontade nenhuma de me aproximar deles. Se bem que o gerente Andrei ficaria desconcertado vendo-me tratar por tu um senhor como Sachka[2] B***, coronel e oficial da corte... E ninguém bebeu mais do que eu naquela noite; ensinei aos ciganos uma nova canção e todos ficaram ouvindo. Sim, tenho feito muita bobagem, mas mesmo assim sou um jovem bom, muito bom", pensa ele.

Amanheceu quando Olénin estava na terceira estação de posta. Ele tomou chá, carregou as malas e as trouxas para outra carruagem junto com Vaniucha, acomodou-se prudentemente entre elas, sabendo onde estavam as coisas, onde estava o dinheiro e quanto levava consigo, onde estava o certificado de trânsito e o recibo do pedágio, e tudo isso lhe pareceu feito com tanta praticidade que ele ficou alegre e imaginou a longa viagem como um longo passeio.

De manhã até a tarde ele esteve mergulhado em cálculos aritméticos: quantas verstas[3] já foram percorridas, quantas serão até a próxima estação de posta, quantas até a primeira cidade, até a hora do almoço, até a hora do chá, até Stávropol e qual parte do caminho foi percorrida. Além disso, ele calculava também: quanto dinheiro ele tem, quanto vai sobrar, quanto é preciso para pagar todas as dívidas e que parte da renda ele

---

2 N.T.: Familiar de Aleksandr
3 N.T.: Antiga medida russa, equivalente a 1,06 km.

vai gastar mensalmente. No fim da tarde, depois do chá, ele calculou que até Stávropol restavam 7/11 do caminho inteiro, que as dívidas ele pagaria em sete meses fazendo economia e com 1/8 de todos os seus bens e, acalmando-se, agasalhou-se, deitou-se no trenó e dormiu novamente. Agora, sua imaginação já estava no futuro, no Cáucaso. Todos os sonhos do futuro estavam ligados às imagens de heróis como Amalat-bek[4], mulheres circassianas, montanhas, despenhadeiros, terríveis torrentes e perigos. Imaginava isso vagamente, nada claro; mas a glória, atraindo, e a morte, ameaçando, juntas representavam o interesse desse futuro. Ora com uma valentia extraordinária e uma força que surpreende a todos, ele mata e subjuga um sem número de montanheses; ora ele mesmo é um montanhês e, junto com eles, defende sua independência, lutando contra os russos. Assim que aparecem detalhes, entram em cena os velhos conhecidos de Moscou. Sachka B***, neste caso, luta contra ele seja do lado dos russos, seja do lado dos montanheses. Até o *monsieur* Capele, não se sabe por que cargas d'água, participa do triunfo do vencedor. Mesmo as lembranças de antigas humilhações, fraquezas e erros eram agradáveis. É claro que lá, entre as montanhas caudais, as circassianas e os perigos, esses erros não podem se repetir. Uma vez que ele os confessou para si mesmo, eles acabaram.

Há mais um sonho, o sonho mais querido, que se juntava a todo pensamento de um jovem sobre o futuro. O sonho com a mulher. E lá, entre as montanhas, ela é imaginada como uma circassiana escrava, de corpo esbelto, com longa trança e olhos profundos e dóceis. Ele imaginava uma

---

4 N.O.: Amalat-bek, herói da narrativa homônima do escritor romântico russo Bestújev-Marlínski, (1797—1837).

cabana solitária nas montanhas e ela na porta, esperando por ele, que voltaria cansado, coberto de poeira, sangue e glória. E ele sente seus beijos, ouve sua voz, vê seus ombros, sua docilidade. Ela é encantadora, mas não é culta, é primitiva e tosca. Ele começa a educá-la nas longas noites de inverno. Ela é inteligente, compreensiva, dotada e rapidamente assimila todos os conhecimentos necessários. E por que não? Muito facilmente poderá aprender idiomas, ler obras da literatura francesa, entendê-las e apreciá-las. "Notre Dame de Paris", por exemplo. É capaz até de falar francês. Numa sala de visitas pode ser mais naturalmente digna do que uma dama da altíssima sociedade. Pode cantar de maneira simples, forte e apaixonada. "Ah, que tolice!", diz ele a si mesmo. Nesse momento eles chegaram a uma estação e era preciso trocar de trenó e dar uma gorjeta. Mas sua imaginação procura aquela tolice que ele deixou e surgem outra vez as circassianas, a glória, a volta à Rússia, a promoção oficial da corte, uma esposa encantadora. "Mas o amor não existe", pensa ele. "Honras são besteiras. E os seiscentos e setenta e oito rublos? E a terra conquistada, que me deu mais riqueza do que eu preciso para a vida inteira? Aliás, não é bom usufruir sozinho de toda essa riqueza. É preciso distribuí-la. Mas entre quem? Os seiscentos e setenta e oito rublos para Capele, o resto depois a gente vê..." E umas visões totalmente confusas encobrem o raciocínio e somente a voz de Vaniucha e a sensação do movimento cessado perturbam o sono profundo do jovem e, sem se dar conta, ele passa para um outro trenó numa outra estação e continua a viagem.

Na manhã seguinte, o mesmo: as mesmas estações, as mesmas horas do chá, as mesmas garupas, as mesmas conversas curtas com Vaniucha, os mesmos sonhos vagos, cochilos à tarde e sono de cansaço durante a noite.

III

Quanto mais Olénin se afastava do centro da Rússia, mais longe pareciam estar suas lembranças, e quanto mais ele se aproximava do Cáucaso, mais prazeroso tornava-se seu estado de espírito. "Ir embora de vez e nunca mais voltar, não aparecer na sociedade", passava pela sua cabeça. "E essa gente que vejo por aqui, não é gente, nenhum deles me conhece e jamais iria parar em Moscou, na sociedade à qual eu pertencia, e acabar sabendo do meu passado. E ninguém da sociedade saberá o que faço vivendo no meio dessa gente."

Esse novo sentimento de libertação de todo o seu passado dominava-o quando ele se via no meio dessas criaturas rudes ou as encontrava na estrada; ele não as considerava gente e nem as colocava em pé de igualdade com seus conhecidos moscovitas. Quanto mais tosco era o povo, tanto menos sinais de civilização havia, e mais livre ele se sentia. Stávropol, que estava na sua rota, decepcionou-o. Placas comerciais, até em francês, damas em caleches, trens de praça, um bulevar e, passando por ele, um senhor de capote e chapéu que olhou para os viajantes, causaram-lhe dor. "Talvez essa gente conheça alguém do meu círculo", e novamente lembrou-se do clube, do alfaiate, dos jogos de cartas, da sociedade... Depois de Stávropol, tudo ficou melhor: selvagem, bonito e, além disso, agressivo. E Olénin ficava mais e mais alegre. Todos os cossacos, cocheiros, chefes de estações pareciam-lhe criaturas simples, com quem ele podia brincar e conversar sem pensar a que categoria cada um deles pertencia. Todos pertenciam ao gênero humano, o que inconscientemente inspirava a simpatia de Olénin, e todos o tratavam amigavelmente.

Ainda na região dos cossacos do rio Don, o trenó foi trocado por uma carroça; depois de Stávropol o tempo esquentou tanto que Olénin dispensou o casaco de peles. Já era primavera – uma primavera inesperada e alegre para Olénin. À noite não deixavam que a viagem seguisse, dizendo ser perigoso. Vaniucha começou a ter medo e colocou a espingarda carregada na carroça. Olénin ficou ainda mais alegre. Numa das estações, o chefe contou sobre um terrível assassinato acontecido na estrada recentemente.

Ali começava a aparecer uma patrulha armada. "Eis onde isso começa!" dizia a si mesmo Olénin, sempre esperando avistar montanhas nevadas, das quais ouvira falar muito. Uma vez, no fim da tarde, o cocheiro nogaio[5] apontou com o chicote para as montanhas atrás das nuvens. Olénin olhava ansiosamente, mas o céu estava encoberto, as nuvens fechavam as montanhas até a metade. Olénin via apenas algo cinzento, branco e crespo. Por mais que ele tentasse, não achava nada parecido com aquilo sobre o que havia lido e ouvido falar sobre as montanhas. Chegou à conclusão de que montanha e nuvens têm a mesma forma e que a beleza das montanhas co-

---

5 N.O.: Nogaios: povo de origem tártara, descendente da Horda de Nogai, governador dos territórios entre os rios Don e Danúbio; na época da narrativa, uma parte deles habitava a região entre Stávropol e o Cáucaso.

bertas de neve era mais uma invenção, assim como a música de Bach e o amor, no qual ele não acreditava, e desistiu de esperar pelas montanhas.

Mas no dia seguinte, ele acordou cedo na sua carroça, sentindo o frescor e, indiferente, olhou para a direita. A manhã estava claríssima. De repente, a uns vinte passos, ou assim lhe pareceu no primeiro instante, ele viu os colossos de brancura límpida com suaves contornos e linha aérea dos cumes, nítida e extravagante, contra o céu. E quando percebeu toda a vastidão entre ele, as montanhas e o céu, todo o gigantismo das montanhas, e sentiu o infinito dessa beleza, ele se assustou, pensando que era uma visão, um sonho. Ele se sacudiu para acordar. As montanhas continuavam as mesmas.

— O que é isso? O que é? — perguntou ao cocheiro.

— Ora, as montanhas — respondeu o nogaio com indiferença.

— Também estou olhando para elas, faz tempo — disse Vaniucha. — Como é bom! Ninguém vai acreditar lá em casa.

Com o movimento rápido da tróica pela estrada plana, as montanhas pareciam estar correndo pelo horizonte, brilhando ao sol nascente com seus cumes rosados. No início, as montanhas apenas surpreenderam Olénin, depois o alegraram; mas à medida que ele olhava para essa cadeia de montanhas nevadas, que corria e crescia não de outras montanhas negras, mas diretamente da estepe, ele, pouco a pouco, penetrou nessa beleza e sentiu as montanhas. A partir desse momento, tudo o que via, tudo o que pensava e tudo o que sentia adquiria para ele um novo e rigorosamente majestoso caráter de montanhas. Todas as lembranças moscovitas, a vergonha e os arrependimentos, todos os sonhos vulgares sobre o Cáucaso desapareceram e não voltaram mais. "Agora começou", disse-lhe uma voz solene.

 A estrada, a linha do rio Térek, povoações de cossacos, o povo – tudo isso já não lhe parecia mais uma brincadeira. Olhava para o céu e lembrava-se das montanhas, olhava para si, para Vaniucha – e novamente as montanhas. Passaram dois cossacos a cavalo, as espingardas balançando ritmicamente nas suas costas, as pernas baias e cor de cinza dos cavalos se misturavam; e as montanhas... Atrás do Térek via-se a fumaça de uma aldeia caucasiana; e as montanhas... Do povoado cossaco, vinha vindo uma carroça, passavam mulheres, mulheres jovens e bonitas; e as montanhas... "Os montanheses vagueiam na estepe e eu estou indo, não tenho medo deles, tenho a espingarda, a força e a juventude; e as montanhas..."

IV

Toda a parte da linha do Térek, de umas oitenta verstas de comprimento, na qual se situam as povoações da parte montanhosa chamada Greben, tem o mesmo caráter tanto no terreno, quanto na população. A corrente do rio Térek, que separa os cossacos dos montanheses, ainda é turva e rápida, mas já é mais larga e tranquila, trazendo constantemente uma areia cinzenta à margem direita baixa, coberta de junco, e minando a margem esquerda escarpada, embora não muito alta e cheia de raízes de carvalhos centenários, plátanos apodrecendo e bosques novos crescendo. Na beira direita, encontram-se aldeias caucasianas pacíficas, mas ainda intranquilas; ao longo da margem esquerda, a meia versta da água, encontram-se as povoações de cossacos distantes sete ou oito verstas uma da outra. Antigamente, a maior parte dessas povoações ficava na própria margem; mas o rio, desviando todo ano das montanhas para o norte, minou-a e agora só se veem as ruínas cobertas de mato, jardins, pereiras, uma espécie de tamareira e álamos piramidais, emaranhados por amoreiras-bravas e vinhas selvagens. Ninguém mais mora ali, mas na areia pode-se encontrar pegadas de cervos, lobos, lebres e faisões, que gostam desses lugares.

Da povoação até a estação, há um caminho aberto na floresta com o alcance de um tiro de canhão. No caminho há barreiras de cossacos e, entre elas, mirantes com sentinelas. Os cossacos possuem somente uma faixa de trezentas braças de terra fértil, coberta de mato. Para o norte começam os areais da estepe de Nogai ou Mozdok, que vai longe para o norte e junta-se, sabe-se lá onde, com as estepes da Turcomênia, Astracã e Quirguízia. Ao sul, atrás do Térek, está a grande Tchetchênia, a cordilheira de Kotchkalik, as Montanhas Negras, mais uma cordilheira e, finalmente, as montanhas nevadas, que podem ser vistas, mas nunca ninguém esteve nelas.

Nessa faixa fértil, rica em vegetação, desde tempos imemoriais, vive um povo russo à antiga, bélico, bonito e rico, chamado de cossacos da Greben.

Há muito, muito tempo, seus avós, de fé antiga[6], fugiram da Rússia e se instalaram atrás do Térek, entre os tchetchenos, na Greben, a primeira cadeia de montanhas cobertas de mato da Grande Tchetchênia. Vivendo no meio dos tchetchenos, os cossacos aparentaram-se com eles, assimilaram seus costumes, modo de vida e o temperamento do povo montanhês. Mas conservaram a pureza da língua russa e a fé antiga. A lenda, viva até hoje entre os cossacos, diz que o tzar Ivan, O Terrível[7], veio até o Térek, chamou os velhos à sua presença, doou-lhes terras desse lado do rio, exortou-os à amizade e prometeu não obrigá-los a se tornarem súditos, nem mudar de crença. Até hoje as famílias de cossacos se parecem com as de tchetchenos e o amor à liberdade, ao ócio, à pilhagem e à guerra

---

6 N. T.: Grupos religiosos que não aceitaram a reforma eclesiástica (séc. XVII) e foram perseguidos.

7 N. T.: Ivan IV (1530-84), tzar da Rússia antes da cisma.

são os traços principais do seu caráter. A influência da Rússia só se manifesta de modo desfavorável: pressão nas eleições, retirada dos sinos e exércitos que se aquartelam e passam por lá. O cossaco é capaz de odiar mais o soldado russo que, para defender a povoação, foi aquartelado em sua casa e a encheu de fumo, do que o cavaleiro montanhês que matou seu irmão. Ele respeita o inimigo montanhês, e despreza o soldado opressor e estranho para ele. Em geral, o mujique russo para o cossaco é uma criatura estranha, selvagem e desprezível, cujas amostras ele viu nos vendilhões viajantes e nos migrantes da Ucrânia, que os cossacos chamam depreciativamente de chapeleiros. A elegância consiste em imitar a roupa dos circassianos. A melhor arma consegue-se dos montanheses, os melhores cavalos compram-se ou roubam-se também deles. O jovem cossaco alardeia o seu conhecimento da língua tártara e, de farra, conversa em tártaro até com seu irmão. Apesar de tudo, esse povinho cristão, enfurnado num pedacinho de terra, cercado por soldados e tribos maometanas semisselvagens, se considera altamente desenvolvido, reconhece como gente apenas os cossacos e olha com desprezo para o resto.

Via de regra, o cossaco passa a maior parte do tempo nas barreiras, campanhas, caça ou pesca. Quase nunca faz trabalhos de casa. Sua presença na povoação é uma exceção e aí ele **faz a festa**. Os cossacos têm seu próprio vinho e a bebedeira não é tanto uma propensão geral deles, quanto um rito, cuja não observância seria considerada apostasia. Na mulher, o cossaco vê o instrumento do seu bem-estar. Somente enquanto solteira ela pode se divertir. Mas, uma vez casada, obriga-a a trabalhar para ele da juventude até a velhice e exige dela dedicação total ao trabalho e submissão oriental. Em consequência desse tratamento, a mulher se desenvolve física e moralmente e, embora aparente ser submissa, como é comum no Oriente, tem incomparavelmente muito mais peso e influência na vida doméstica do que a mulher no Ocidente. O afastamento da vida social e o costume a trabalhos duros dão a ela um peso e força ainda maiores na família. O cossaco, que na presença de estranhos considera indecente tratar sua mulher com carinho e bater papo com ela, quando a sós sente a superioridade dela. A casa e todos os bens são adquiridos e mantidos graças ao trabalho e aos cuidados da mulher. Embora esteja convencido de que o trabalho é vergonhoso para cossacos e só fica bem para serventes nogaios e para mulheres, ele percebe vagamente que tudo que desfruta e chama de seu é produto desse trabalho e que está em poder da mulher, da mãe, da esposa que ele considera sua serva, e que ela pode privá-lo desse usufruto. Além disso, o trabalho masculino e os cuidados passados para suas mãos formaram na mulher de Greben uma personalidade muito independente, corajosa e, de uma maneira impressionante, desenvolveram sua força física, senso prático, determinação e firmeza de caráter. Na sua maioria, as mulheres são mais fortes, mais inteligentes, mais desenvolvidas e mais bonitas do que os homens.

A beleza da mulher de Greben é surpreendente, em especial porque une as feições circassianas puras e a compleição robusta da mulher nórdica. As mulheres cossacas usam roupa circassiana: camisa tártara, casaco masculino aberto até os joelhos, com um *kaftan*[8] aberto e acinturado, e uma espécie de sapatilhas macias de couro com salto. Mas os lenços na cabeça elas amarram à maneira russa. A limpeza e a elegância da

---

8   N.E: Antiga vestimenta russa semelhante a um casaco comprido.

roupa e da decoração da casa são hábitos e parte indispensável de sua vida. Nas relações com os homens, as mulheres, principalmente as solteiras, gozam de plena liberdade.

A povoação de Novomlínskaia era considerada a raiz dos cossacos de Greben. Nela, mais do que nas outras, conservaram-se os costumes dos primeiros moradores de Greben e as mulheres dessa povoação ganharam a fama de serem as mais bonitas de todo o Cáucaso. Os meios de vida dos cossacos são os vinhedos, pomares, melanciais, plantações de abóbora, milho e milho-miúdo, pesca, caça e troféus de guerra.

A povoação de Novomlínskaia situa-se a três verstas do Térek, separada dele por uma densa floresta. De um lado do caminho que passa pela povoação está o rio, do outro verdecem os vinhedos e pomares e avistam-se as areias aluviais da estepe Nogáiskaia. A povoação é cercada por um aterro e um abrunheiro espinhoso. Os moradores entram e saem da povoação por um portão de duas folhas, alto, em dois postes, com um pequeno telhado, coberto de junco. Perto do portão, numa carreta de madeira, está um canhão disforme que não dispara há cem anos, troféu de guerra de outrora, um cossaco de uniforme e armado com um sabre, às vezes fica, outras não fica de guarda no portão e às vezes faz continência aos oficiais que passam, outras vezes não faz.

Numa placa branca debaixo do telhadinho está escrito com tinta preta: 266 casas, 897 habitantes do sexo masculino, 1012 habitantes do sexo feminino.

Todas as casas dos cossacos ficam apoiadas em pilares, a uma braça ou mais acima do chão, são cobertas cuidadosamente com junco e têm cumeeira alta. Todas elas, mesmo as antigas, são retas, limpas, com soleiras altas diversas; não são encostadas umas nas outras, mas sim distanciadas e dispostas nas ruas largas e nas travessas de maneira pitoresca. Na maioria das casas, na frente das janelas grandes e claras, atrás da cerca, elevam-se, para lá do telhado, álamos piramidais verde-escuros, ou acácias de folhagem verde-clara com delicadas e aromáticas flores brancas. E ali mesmo, descaradamente, crescem brilhantes girassóis amarelos e parreiras. Numa larga praça, há três vendas com mercadorias, sementes de girassol, vagem e pãezinhos de mel; por cima de uma cerca alta, atrás dos álamos piramidais, avista-se a casa do comandante do regimento, a mais comprida e mais alta de todas, com janelas de duas folhas. Nos dias de semana, principalmente no verão, não há muita gente nas ruas da povoação. Os cossacos estão no serviço – nas barreiras, ou em campanha, os velhos na caça, pesca ou nos pomares e hortas, trabalhando junto com as mulheres. Só os anciãos e as crianças ficam em casa.

V

Era aquele fim de tarde especial que só acontece no Cáucaso. O sol se punha atrás das montanhas, mas estava claro ainda. O clarão do crepúsculo abarcava um terço do céu. E os colossos das montanhas brancas opacas delineavam-se nitidamente contra o crepúsculo. O ar era rarefeito, imóvel e sonoro. A sombra comprida das montanhas estendia-se sobre a estepe por algumas verstas. A estepe, a margem do rio, os caminhos – tudo estava deserto. Quando, muito raramente, aparecem cavaleiros, os cossacos nas barreiras e os tchetchenos nas aldeias os olham com surpresa e curiosidade e tentam adivinhar quem é essa gente hostil. Quando chega a noite, as pessoas, com medo umas das outras, procuram ficar perto das moradias e somente bichos e aves, sem temer gente, vagueiam nesse deserto. As mulheres cossacas, que amarravam novos rebentões nos pomares, voltam apressadas antes do pôr do sol, conversando alegremente. Os pomares ficam vazios, assim como todas as redondezas. Mas o fim da tarde no povoado é a hora de maior animação. De toda parte o povo volta para casa a pé, a cavalo ou em carroças rangentes. As raparigas, de camisas arregaçadas, com varas nas mãos, correm tagarelando até o portão ao encontro do tropel de gado que vem numa nuvem de poeira e mosquitos trazidos da estepe. As vacas e búfalas, satisfeitas depois do pasto, dispersam-se pelas ruas e as raparigas de casacos coloridos andam num vaivém entre elas. Ouvem-se suas vozes altas, risos alegres e gritos estridentes alternados com os mugidos dos animais.

Lá, um cossaco armado e a cavalo, que recebeu permissão para se ausentar da barreira, chega até uma casa e, inclinando-se, bate na janela; em seguida aparece a cabecinha bonita de uma jovem e ouvem-se palavras carinhosas, ditas com um sorriso nos lábios. Ali, um nogaio, servente esfarrapado, que vinha da estepe trazendo junco, manobra a carroça rangente no quintal do capitão dos cossacos, tira as cangas dos bois que abanam as cabeças, troca palavras em tártaro com o patrão.

Perto de uma poça d'água, quase da largura da rua, pela qual há tantos anos muita gente passa com dificuldade, apertando-se contra as cercas, uma rapariga descalça com um feixe de lenha nas costas tenta contorná-la levantando alto a parte da frente da camisa, mostrando suas pernas brancas, e um cossaco, voltando da caça, grita para ela brincando:

— Levante mais, sua sem-vergonha! — E aponta a arma para ela. A moça abaixa a camisa e deixa cair a lenha.

Um cossaco velho, com as calças arregaçadas e peito grisalho à mostra, volta da pesca carregando no ombro a rede com peixes prateados se debatendo, passa pela brecha na cerca do vizinho para encurtar o caminho e tenta desprender o *kaftan* enganchado na cerca.

Ali, a mulher carrega um galho. Além da esquina, ouvem-se as batidas de um machado.

Gritam os moleques, brincando com piões nos lugares mais lisos da rua. As mulheres pulam as cercas para não dar voltas. Das chaminés, sai a fumaça aromática do esterco prensado. A azáfama nas casas precede o silêncio da noite.

A vovó Ulita, mulher do sargento e professor escolar, como todas as outras donas de casa, caminha até o portão da sebe para aguardar seu gado, conduzido pela rapariga Marianka. Mal abre o portão e uma búfala enorme, acompanhada de mosquitos, irrompe mugindo no quintal; seguindo-a, entram devagar as vacas, reconhecendo com os olhos grandes a patroa e açoitando o lombo com o rabo. A linda e esbelta Marianka entra no quintal, larga a vara, fecha o portão e corre atrás dos animais, acuando-os para os estábulos. "Tira as sapatilhas, sua diaba – grita a mãe –, vai gastá-las de vez!" Marianka não se ofende nem um pouco por ser chamada de diaba, que para ela soa como uma palavra de carinho e, alegre, continua com suas coisas. Seu rosto está protegido por um lenço; veste camisa cor-de-rosa e casaco verde. Desaparece debaixo do telhado do estábulo, atrás dos animais, e só se ouve sua voz calma. "Fique parada! Ora, você! Tudo bem, tudo bem querida!..." – tenta ela aquietar a búfala com carícias. Depois, a velha e a moça vão do estábulo para a *isbuchka*[9], carregando dois potes grandes cheios de leite – a mungidura do dia. Pela chaminé de barro, logo subirá a fumaça do esterco prensado, o leite será transformado em *kaimak*[10]; a moça acende o fogo, a velha vai até o portão. O crepúsculo já abarcou a povoação. No ar, derrama-se o cheiro de legumes, gado e o aroma da fumaça de esterco. Perto dos portões e pelas ruas, as mulheres cossacas andam com panos em chamas. Nos quintais, ouve-se o bufar e o ruminar tranquilo do gado ordenhado. So-

---

9 N.T.: Diminutivo de isbá, casa rústica de madeira.
 Pequena construção de troncos de madeira, dentro da qual se ferve e se guarda o leite. (N. de L. N. Tolstói)
10 N.O.: Creme tirado do leite cozido no forno a fogo lento.

mente as vozes de mulheres e crianças, chamando umas às outras, soam nas casas e ruas. Em dias de semana, é raro ouvir a voz de um cossaco bêbado.

Da casa em frente, uma cossaca, velha, alta e máscula aproxima-se da vovó Ulita pedindo fogo; está com um pano na mão.

— E aí, vovó, já deram conta de tudo? — disse ela.

— Minha filha está cuidando do forno. Precisa de fogo? — diz a vovó Ulita, contente em poder servir.

Ambas entram na casa; as mãos rudes, não habituadas a objetos pequenos, tremem ao tirar a tampa da preciosa caixinha de fósforos, que é uma raridade no Cáucaso. A mulher máscula senta-se num degrau com a intenção indisfarçada de puxar conversa.

— E o marido, comadre, está na escola? — pergunta a visita.

— Ensina a criançada, comadre. Escreveu que voltaria para as festas — diz a sargenta.

— Pois é homem inteligente. Tudo para o bem.

— É claro que para o bem.

— O meu Lukachka está na barreira. Não o deixam voltar para casa — diz a visita, embora a outra já saiba disso faz tempo. Na verdade, ela precisa falar sobre o seu filho Lukachka, que acabou de entrar no regimento cossaco e que ela quer que se case com Marianka, filha do sargento.

— Está na barreira?

— Está, comadre. Não volta desde as festas. Nesses dias, mandei camisas para ele com Fómuchkin. Disse que está indo bem, os chefes aprovam. Diz que estão procurando bandidos montanheses novamente. Lukachka vai bem, está contente.

— Graças a Deus — diz a sargenta —, ele é Arrancão mesmo.

Lukacha foi apelidado de Arrancão pela bravura com a qual tirou das águas um moleque: arrancou-o, praticamente. E a sargenta mencionou isso para agradar a mãe de Lukachka.

— Graça a Deus, comadre, meu filho é um bom rapaz, todos gostam dele — diz a mãe de Lukachka. — Só falta casá-lo, aí eu poderia morrer tranquila.

— Por acaso faltam moças casadouras aqui? — responde a sargenta astuta, colocando cuidadosamente a tampa na caixinha de fósforos com seus dedos tortos.

— Tem muitas, comadre, muitas — observa a mãe de Lukachka e balança a cabeça —, mas como a sua Mariánuchka é difícil de se encontrar em todo o regimento.

A sargenta sabe da intenção da mãe de Lukachka e, embora ele lhe pareça um bom cossaco, evita falar do assunto porque, em primeiro lugar, ela é mulher de sargento e rica, enquanto Lukachka é filho órfão de um simples cossaco. Em segundo, porque não quer se separar da filha tão cedo. Mas o principal motivo é que as regras do bom-tom exigem isso.

— Bem, Mariana vai crescer e também será moça casadoura — diz ela com reserva e modéstia.

— Vou mandar os casamenteiros, vou sim, deixa só terminar a colheita nos pomares e viremos aqui com reverências pedir o seu consentimento e o de Iliá Vassílievitch.

— Ora! De Iliá! — altivamente diz a sargenta. — É comigo que tem que falar. Tudo a seu tempo!

Pelo rosto severo da sargenta, a mãe de Lukachka percebe que não é conveniente continuar a conversa, acende o pano com o fósforo e, levantando-se, diz:

— Não despreze, comadre. Lembre-se de minhas palavras. Vou embora, preciso acender o forno.

Atravessando a rua e abanando a mão com o pano pegando fogo, ela encontra Mariana, que a cumprimenta.

"Bonita rapariga, trabalhadora", pensa ela, olhando para a beldade. "Crescer para quê? É hora de casar, entrar numa boa casa, casar com Lukachka."

A vovó Ulita tem suas preocupações e assim como estava, permaneceu, sentada, pensando em algo difícil, até que a filha a chamou.

VI

A parte masculina da povoação vive em campanhas e nas barreiras ou postos como as chamam os próprios cossacos. O tal de Lukachka, o **Arrancão**, sobre o qual falaram as velhas, estava, naquela tarde, no mirante do posto de Nijne--Pototsk, na margem do Térek. Acotovelado no peitoril do mirante, olhava ora para o espaço atrás do Térek, apertando os olhos, ora para baixo, para seus camaradas, conversando com eles vez por outra. O sol já se aproximava das montanhas cobertas de neve que se elevavam acima das nuvens enoveladas. Ondeando perto do sopé, as nuvens cobriam-se de sombras cada vez mais escuras. No ar, derramava-se a transparência noturna. Da selva vinha um frescor, mas perto do posto ainda fazia calor. As vozes dos cossacos tornavam-se mais sonoras e paravam no ar. A massa das águas do Térek, de cor marrom, destacava-se nitidamente das margens pelo seu movimento rápido. O nível delas começou a descer e, em alguns lugares na margem e nos bancos, via-se uma areia parda. Na outra margem, bem em frente à barreira, tudo estava vazio; somente o infinito junco baixo e deserto estendia-se até as montanhas. Um pouco para o lado, viam-se as casas de barro, telhados planos e chaminés afuniladas da aldeia dos tchetchenos. Os olhos perscrutadores do cossaco no mirante seguiam as figuras das tchetchenas de roupa azul e vermelha que se movimentavam na fumaça noturna da pacífica aldeia.

Os cossacos foram ordenados a manter a máxima vigilância e sabiam que, a qualquer hora, os abreques[11] podiam atravessar o rio e atacar do lado tártaro, visto que, principalmente em maio, a floresta é tão cerrada que é difícil atravessá-la, enquanto o rio fica tão raso que, em alguns lugares, pode-se atravessá-lo a vau. Além disso, dois dias atrás foi recebida uma circular da parte do comandante para os postos, na qual constava que, segundo as informações obtidas através de um espião, um grupo de oito pessoas pretendia atravessar o Térek. E apesar de tudo isso, a vigilância não era mantida. Os cossacos, como se estivessem em casa, deixavam os cavalos sem sela, uns se ocupavam com a pesca, outros com a caça ou com a bebedeira. Somente o cavalo do plantonista estava selado e apeirado, vagando perto da floresta, e somente o sentinela estava de casaco circassiano, com sabre e espingarda. O sargento, alto e enxuto, com as costas muito compridas e pernas e braços curtos, trajando apenas o casaco, ficava sentado no banco de terra encostado na casa e, com expressão de preguiça e tédio, de olhos fechados, trocava a mão para segurar a cabeça. Um cossaco idoso com larga barba preta agrisalhada, só de camisa e cinto, estava deitado perto da água e olhava para a agitada e monótona corrente do rio. Os outros, também exauridos pelo calor,

---

11 N.O.: Tchetchenos hostis aos russos, que, atravessando o rio Térek, praticavam roubos e pilhagens nas povoações cossacas.

semivestidos, ou enxaguavam a roupa no Térek, ou trançavam um freio, ou ficavam deitados no chão, na areia quente, cantarolando. Um dos cossacos, com o rosto moreno e magro, bêbado de cair, pelo visto, estava deitado de costas, perto da parede da casa, lugar ensombrado umas duas horas antes e agora exposto aos abrasantes raios do sol.

Lukachka, que estava no mirante, era um rapaz alto, bonito, de uns vinte anos, muito parecido com a mãe. O rosto e toda sua figura, apesar da falta de jeito própria da juventude, expressavam uma grande força física e moral. Embora tivesse ingressado no serviço militar recentemente, percebia-se, pela expressão do rosto e pose tranquila e segura, que já tinha adquirido a postura bélica e um pouco orgulhosa própria dos cossacos e das pessoas que portam armas, em geral. Sentia-se um cossaco e sabia do seu valor, não menos verdadeiro. Trajava casaco circassiano largo, rasgado em alguns lugares, gorro, colocado um pouco para trás, à maneira dos tchetchenos e polainas abaixo dos joelhos. A roupa não era muito rica, mas assentava nele com aquela janotice dos cossacos, imitando a dos ginetes tchetchenos. Num ginete de verdade tudo é largo, rasgado e negligente, somente a arma é rica, mas a roupa rasgada é vestida, cingida e ajeitada de tal modo que não é qualquer um que sabe, e logo dá na vista do cossaco ou do montanhês. Lukachka possuía esse ar de ginete.

Com as mãos enfiadas atrás do sabre, apertando os olhos, ele perscrutava a aldeia.

Os traços de seu rosto, vistos em separado, não eram bonitos, mas ao ver sua compleição garbosa e o rosto inteligente com sobrancelhas pretas, qualquer um diria "Um bravo rapaz!".

— Olha a mulherada que apareceu na aldeia deles! — disse ele alto, mostrando com preguiça os dentes brancos, sem se dirigir a ninguém em especial.

Nazarka, deitado mais abaixo, levantou rapidamente a cabeça e observou:

— Vai ver que estão indo buscar água.

— Seria bom assustá-las com um tiro! — disse Lukachka, dando um risinho. — Ficariam em polvorosa!

— Não alcança.

— Ora! O meu alcança e passa por cima. Quando chegar a festa desses tchetchenos, vou visitar Guirei-khan e tomar a cerveja de painço deles — disse Lukachka, afugentando os mosquitos que grudavam nele.

Um ruído no mato chamou a atenção dos cossacos. Um perdigueiro mestiço, seguindo um rastro e abanando fortemente o rabo meio pelado, estava se aproximando da barreira. Lukachka reconheceu o cão do tio Ierochka e, em seguida, enxergou no matagal a figura do próprio caçador.

O tio Ierochka era um cossaco de estatura enorme, barba completamente encanecida, ombros e peito larguíssimos, mas, na floresta, onde não havia com quem compará-lo, ele não parecia alto – tão proporcionais eram os membros do seu forte corpo. Trajava um *kaftan* roto, arregaçado, nos pés – sandálias de couro cru, amarradas com cordinhas, e gorrinho de pele branca toda despenteada na cabeça.

Num ombro, estava pendurado e jogado para as costas um dispositivo que servia para se aproximar sorrateiramente do faisão e um saco com uma franguinha e um esmerilhão para atrair o gavião; no outro ombro, carregava uma gata selvagem morta, amarrada por uma correia; nas costas, atrás do cinturão, haviam sido enfiados um saquinho com balas, pólvora e pão, rabo de cavalo, para afugentar mosquitos, um punhal grande na bainha rasgada e com manchas antigas de sangue, e dois faisões. Ao ver a barreira, ele parou.

— Ei, Liam — gritou para o cão com um baixo tão sonoro que ecoou longe na floresta, pôs no ombro uma espingarda de caça enorme e solevantou o gorro.

— Salve, gente boa! Ei! — disse ele aos cossacos com a mesma voz alegre e vigorosa sem esforço nenhum, mas alta como se gritasse a alguém do outro lado do rio.

— Salve, tio! Salve! — responderam de várias partes as joviais vozes dos cossacos.

— Viram alguma coisa? Contem! — gritou o tio Ierochka, enxugando o suor do largo rosto vermelho com a manga do casaco.

— Ô, tio! Aqui no plátano vive um gavião! Toda noite fica esvoaçando — disse Nazarka, dando uma piscadela e contraindo a perna e o ombro.

— Ora, seu! — disse o velho desconfiado.

— Verdade, tio! Fique à espreita! — assegurou Nazarka com risinhos.

Os cossacos riram.

O brincalhão não tinha visto gavião nenhum, mas entre os jovens cossacos já tinha virado costume enganar e zombar do tio Ierochka toda vez que ele chegava.

— Ê, bobão, só sabe mentir! — disse Lukachka do mirante para Nazarka.

Nazarka calou-se no mesmo instante.

— É preciso ficar à espreita. Ficarei — respondeu o velho para a grande satisfação dos cossacos. — E viram os porcos?

— Só faltava! Caçar porcos! — disse o sargento, muito contente com a ocasião para se divertir, virando-se e coçando suas costas compridas. — Estamos aqui para pegar os abreques, não os porcos! Não ouviu nada, tio? — acrescentou ele sem motivo nenhum, apertando os olhos e mostrando os dentes brancos.

— Dos abreques? — disse o velho. — Não, não ouvi. Teria um mosto para eu tomar, gente boa? Cansei mesmo. Deem um tempo, vou trazer carne fresca, juro que vou. Ofereçam para mim.

— Quer fazer tocaia aqui? — perguntou o sargento, como se não tivesse ouvido o que o velho disse.

— Queria, uma noite! — respondeu tio Ierochka. — Quem sabe, se Deus quiser, caço alguma coisa até a festa; então dou para você, juro!

— Tio! Ô, tio! — gritou do mirante Lukachka, chamando a atenção, e todos os cossacos olharam para ele. — Vai no braço de cima, por lá anda um bom rebanho. Não estou mentindo. Juro! Nesses dias um dos nossos cossacos acertou um. Verdade — acrescentou ele, ajeitando a espingarda nas costas, e pelo seu tom de voz percebia-se que não estava rindo.

— Ôba! O Arrancão por aqui! — disse o velho, olhando para cima. — Em que lugar ele atirou?

— Ah, você não viu? Porque é pequeno — disse Lukachka. — Bem perto da vala — acrescentou ele em tom sério. — Seguíamos a vala e ele fez um barulho, mas a minha espingarda estava encapada. Foi Iliaska que atirou... Eu lhe mostro o lugar, tio, não é longe. Espere aí. Eu conheço **todos** os caminhos do bicho.

— Tio Móssev! — dirigiu-se ele de modo decidido, quase imperativo, ao sargento. — Está na hora de fazer render! — E, sem esperar pela ordem, pegou a espingarda e começou a descer do mirante.

— Desce! — ordenou o sargento, já depois, e olhou à sua volta. — É tua vez, Gurka? Vai! Ficou esperto seu Lukachka – disse o sargento ao velho. – Sempre vagueando, feito você, não para em casa; matou um, outro dia.

VII

O sol já se pôs e as sombras noturnas vinham rapidamente do lado da floresta. Os cossacos terminaram suas ocupações na barreira e reuniam-se na casa para jantar. Somente o velho, ainda esperando pelo gavião, permanecia debaixo do plátano puxando o esmerilhão, amarrado pela perna. O gavião ficava na árvore e não descia para pegar a galinha.

Lukachka, ponderadamente, colocava laços para pegar faisões na sua vereda, no meio do abrunheiro bravo, e cantava uma canção atrás da outra. Apesar da estatura alta e mãos grandes, qualquer trabalho, pesado ou leve, tudo saía bem.

— Ei, Luká! — Ouviu ele a voz estridente e sonora de Nazarka na mata perto de si. — Os cossacos já foram jantar. Abrindo caminho entre os arbustos, Nazarka surgiu na vereda com um faisão debaixo do braço.

— Oba! — disse Lukachka, interrompendo a canção. — Onde pegou o galo? Deve ser da minha armadilha...

Nazarka tinha a mesma idade que Lukachka e também estava no serviço desde a primavera. Era um rapaz feio, magrelo, enfezado, com uma voz esganiçada que feria o ouvido. Ele e Lukachka eram vizinhos e camaradas. Lukachka estava sentado à maneira tártara, ajeitando os laços.

— Não sei de quem, deve ser sua.

— Atrás do buraco, perto do plátano? É minha mesmo, coloquei ontem.

Lukachka levantou-se, olhou para o faisão caçado. Passou a mão na cabecinha cor de pombo que o galo assustado esticava, revirando os olhos, e o pegou nas mãos.

— Hoje vamos fazer *plov*[12], abata e depene-o.

— Para nós comermos ou vamos dar ao sargento?

— Chega de dar tudo a ele.

— Eu tenho medo de abatê-lo — disse Nazarka.

— Passa para cá.

Lukachka tirou um canivete de trás do punhal e com ele fez um movimento rápido.

O galo agitou-se, mas nem teve tempo de abrir as asas e a cabeça ensanguentada caiu para o lado, debatendo-se.

— É assim que se faz! — disse Lukachka, largando o galo. — O *plov* será bem gorduroso.

Ao olhar para o galo, Nazarka estremeceu.

— Viu, Luká, esse diabo outra vez vai nos mandar ficar na emboscada — disse ele, referindo-se ao sargento, e pegou o faisão do chão. — É a vez de Fómuchkin, mas ele o mandou buscar mosto. Quantas noites seguidas somos nós que vamos! Tudo nas nossas costas!

Lukachka, assobiando, foi indo pela barreira.

— Vou falar para ele, juro que vou — prosseguia Nazarka. — Vamos dizer a ele: Nós não iremos, cansamos, e pronto. Diga você, ele te ouve. Isso não tem cabimento!

---

12 N.O.: Prato asiático de arroz cozido junto com pedaços de carne (originalmente de carneiro), cebola e cenoura fritas e especiarias.

— Do que está falando? — disse Lukachka, provavelmente pensando em outra coisa. — Besteira! Se ele nos mandasse à noite sair da povoação, seria injusto, lá a gente pode se divertir, e o que tem aqui? Na barreira, na emboscada, tanto faz...

— E para a povoação, quando vai?

— Nas festas.

— Gurka conta que a tua Dunaika sai com Fómuchkin — disse Nazarka, de repente.

— E que vá pro diabo! — respondeu Lukachka, mostrando os dentes brancos, mas sem sorrir. — Acho outra.

— Pelo que Gurka conta, quando ele chegou na casa dela, o marido não estava. Estava Fómuchkin, comendo uma torta. Gurka ficou um pouco, foi embora e, debaixo da janela ouviu. "O diacho foi embora. Por que não come a torta, amor? Não vá para sua casa". E Fómuchkin, perto da janela: "Ótimo".

— Mentira!

— Juro por Deus.

Lukachka ficou quieto.

— Já que achou outro, o diabo que a carregue; há poucas raparigas, por acaso? E eu já me cansei dela.

— Mas que diacho você é? — disse Nazarka. — Por que não se aproxima de Marianka? Ela não sai com ninguém?

— E o que tem Marianka? A mesma coisa! — disse ele.

— Mas tente...

— E o que você acha? Além dela, tem muitas outras no povoado!

Lukachka começou a assobiar novamente e foi até a barreira, arrancando folhas dos ramos. Passando pelos arbustos, parou de repente ao notar um ramo liso, sacou o facão e o cortou.

— Dará uma ótima vareta para a espingarda — disse Lukachka e cortou o ar com um sibilo, testando o ramo.

Os cossacos estavam jantando na casa da barreira, sentados no chão de terra batida da antessala, em volta de uma mesa tártara baixa, quando se tocou no assunto da emboscada.

— Quem é que vai hoje? — gritou um cossaco pela porta aberta, dirigindo-se ao sargento.

— Sim, quem deve ir? — repetiu a pergunta o sargento. — Tio Burlak foi, Fómuchkin foi... — disse ele com certa hesitação. — Vocês, então? Você e Nazar — dirigiu-se ele a Luká —, Ierguchov também; espero que tenha passado a bebedeira.

— Se a sua não passa, como é que a dele vai passar? — disse Nazarka, a meia voz.

Os cossacos riram.

Ierguchov era aquele cossaco que dormia bêbado perto da casa. Ele acabava de entrar, esfregando os olhos.

Lukachka levantou-se da mesa e pegou a espingarda para verificar.

— E andem logo, terminem o jantar e vão — disse o sargento e, sem aguardar a expressão de concordância, fechou a porta, provavelmente confiando pouco na obediência dos cossacos. — Não fosse a ordem, não mandaria, mas o comandante pode aparecer de repente. E dizem que oito abreques atravessaram o rio.

— Bem, precisamos ir cumprir a ordem! — Disse Ierguchov. — Não podemos faltar, os tempos obrigam. Digo que é preciso ir.

Nesse meio tempo, Lukachka, segurando com ambas as mãos um pedaço grande de faisão, olhava ora para o sargento, ora para Nazarka, parecia totalmente indiferente à conversa e ria dos dois. Os cossacos ainda não tinham saído para a emboscada quando o tio Ierochka entrou na antessala escura, depois de ter ficado debaixo do plátano até a noite.

— Bem, rapazes — soou o baixo do velho, cobrindo todas as outras vozes —, irei junto: vocês ficarão à espreita dos tchetchenos e eu, à espreita dos porcos.

VIII

Já estava completamente escuro quando tio Ierochka e os três cossacos de *burkas*[13], com espingardas nas costas, saíram rumo ao lugar destinado à emboscada na margem do Térek. Nazarka se recusara a ir, mas Lukachka chamou-o à ordem e ele foi. Dados alguns passos em silêncio, os cossacos desviaram da vala, pegaram uma vereda quase imperceptível no juncal e chegaram à margem do rio. Perto da margem, havia um tronco de árvore preto jogado para fora da água pela corrente. O junco à sua volta parecia ter sido amassado recentemente.

— É aqui que temos de ficar à espreita? — perguntou Nazarka.

— E por que não? — respondeu Lukachka. — Senta aqui, eu volto logo, só vou mostrar um lugar para o tio.

— É o melhor lugar: ninguém pode nos ver, mas nós vemos — disse Ierguchov. — Ficamos aqui mesmo, o lugar é de primeira.

---

13 N.O.: Capa de feltro sem mangas usada no Cáucaso.

Nazarka e Ierguchov estenderam as burkas ao lado do tronco e se acomodaram, enquanto Lukachka e o tio Ierochka seguiram em frente.

— Aí perto, tio — sussurrou Lukachka caminhando silenciosamente à frente do velho —, vou lhe mostrar onde eles passaram. Só eu sei, irmão.

— Mostre. Você é um bravo rapaz — disse o velho, também sussurrando.

Após mais alguns passos Lukachka parou, inclinou-se sobre uma poça d'água e assoviou.

— Passaram por aqui quando foram ao bebedouro. Está vendo? — disse ele com uma voz quase inaudível, apontando para as pegadas recentes.

— Deus lhe pague — disse o velho. — Ficarei bem naquele buraco atrás da vala. E você pode ir.

Lukachka voltava pela margem, lançando olhares rápidos ora para a esquerda, na parede de juncos, ora para a direita onde, sob a margem, corria o Térek.

— Também deve estar espreitando ou se arrastando em algum lugar — pensava ele do tchetcheno.

De repente, um ruído e um marulho forte o fizeram estremecer e pegar na espingarda. Um javali resfolegando saltou do lado da margem. Sua figura negra, separando-se da superfície lustrosa da água, num instante desapareceu no juncal. Rapidamente Luká empunhou a espingarda, mas não teve tempo de atirar: o javali já desaparecera no meio dos juncos. Aborrecido, Luká cuspiu e continuou caminhando. Perto do lugar da emboscada ele parou, deu um leve assobio, recebeu a resposta e se aproximou dos companheiros.

Nazarka já estava dormindo, encolhido. Ierguchov, sentado com as pernas cruzadas, mexeu-se, dando espaço a Lukachka.

— Como é bom, agradável, ficar aqui! — disse ele. — Mostrou-lhe o lugar?

— Mostrei — disse Lukachka, estendendo a burka. — Agora mesmo vi um javali grandão, perto da água. Acho que é o mesmo! Você deve ter ouvido.

— Ouvi o barulho. Logo percebi que era um bicho. E pensei que tinha sido você quem o espantou — disse Ierguchov, enrolando-se na *burka*. — Vou dormir — acrescentou ele —, acorde-me quando o galo cantar. Depois dorme você e eu fico de vigília; precisamos de ordem, é isso.

— Estou sem sono, obrigado — respondeu Lukachka.

A noite era escura, quente e calma. Só numa parte do céu havia estrelas, a outra e maior parte, a das montanhas, estava fechada por uma única e enorme nuvem preta. Unindo-se às montanhas, ela ia se expandindo mais e mais e suas bordas curvas separavam-na nitidamente do profundo céu estrelado. Diante de si, o cossaco podia ver apenas o Térek e o horizonte além do rio. Atrás e dos lados cercava-o a parede do juncal. Inexplicavelmente, os juncos balançavam, de vez em quando, e farfalhavam, esfregando-se uns nos outros. Olhando debaixo, as flores dos juncos pareciam ramos penugentos de árvore contra o fundo da parte clara do céu. A borda da margem estava quase a seus pés e, embaixo dela, a corrente do rio. Adiante, a monótona massa lustrosa de água marrom encrespava-se perto da margem e dos bancos. Mais adiante ainda, tudo – a água, a margem e a nuvem – fundia-se em trevas impenetráveis.

Pela superfície da água, passavam sombras pretas, nas quais o olho acostumado do cossaco reconhecia troncos de árvores a flutuar. Somente uma rara fulguração, refletida na água como num espelho negro, mostrava o traço da íngreme margem oposta. Os sons noturnos cadenciados, o farfalhar dos juncos, o ronco dos cossacos, o zumbido dos mosquitos e o murmúrio das águas eram interrompidos, de quando em quando, ora por um tiro longínquo, ou por um gluglu de água, quando da margem desprendia-se um pedaço da terra ou um peixe grande pulava, ora por estalidos na floresta cerrada ao passar um bicho. Uma coruja, voando ao longo do Térek, a cada duas batidas de asas esbarrava uma na outra. Justo sobre as cabeças dos cossacos ela mudou de rumo, virando para a floresta e, chegando a uma árvore, esbarrava as asas não a cada duas, mas a cada batida. Depois de pousar no plátano, ficou se ajeitando muito tempo. A cada som inesperado o ouvido do cossaco ficava tenso, os olhos se apertavam e ele alisava devagar o cano da espingarda.

A maior parte da madrugada já tinha passado. A nuvem negra, arrastando-se para o oeste e rasgando suas bordas, abriu o céu limpo e estrelado e a lua crescente dourada brilhou sobre as montanhas. Veio um frescor sensível. Nazarka acordou, falou qualquer coisa e dormiu novamente. Lukachka, entediado, levantou-se, tirou o canivete e começou a aplainar a vareta. Na sua cabeça, giravam ideias sobre como os tchetchenos viviam lá nas montanhas, como passavam para este lado, por que não tinham medo dos cossacos e em que outro lugar poderiam fazer a travessia. Ele se assomava da tocaia, olhava ao longo do rio e para a margem oposta que, sob a luz tímida da lua, não se destacava nitidamente da água. Fazia isso de vez em quando, acabou deixando de pensar nos tchetchenos, e só aguardava a hora de acordar os companheiros e poder ir à povoação. Com enfado ele pensava em Dúnia, sua queridinha, como os cossacos chamam as suas amantes.

Surgiram os sinais do amanhecer: uma neblina prateada branqueou sobre as águas e jovens águias deram assobios estridentes e bateram as asas não longe de Lukachka. Finalmente, lá longe do povoado, ouviu-se o primeiro canto do galo, depois outro, arrastado, respondido pelos demais.

"Está na hora de acordá-los", pensou Lukachka, ao terminar de aplainar a vareta, e sentiu que seus olhos ficaram pesados. Virou-se para os companheiros, identificou os pés de cada um e, de repente, ouviu um ruído de água no outro lado do Térek. Olhou para trás, para as montanhas que clareavam sob a lua crescente, para a linha da margem e o rio, onde os troncos flutuantes já tinham ficado mais nítidos. Teve a impressão de que era ele quem estava em movimento e o rio, com cepas e troncos, estava parado; mas apenas por um instante. Um tronco grande com um galho chamou sua atenção. Estava flutuando de um modo esquisito, sem se virar nem girar, indo reto pelo meio do rio. Pareceu-lhe até que o tronco não estava sendo levado pela correnteza, mas superando-a, dirigia-se a um banco de areia. Lukachka esticou o pescoço e não tirou os olhos do tronco. Chegando ao banco, o tronco parou e se mexeu de um jeito estranho. E Lukachka viu um braço aparecer por trás do tronco. "Matarei o abreque sozinho!", pensou ele, e pegou a espingarda. Sem pressa, colocou os suportes e sobre eles a espingarda, silenciosamente armou o cão e começou a mirar. "Não vou acordá-los", pensava ele. Porém, seu coração começou a bater tão forte que ele teve de parar e se pôr à escuta. De repente, o tronco separou-se do banco e flutuou, atravessando a correnteza, em direção à margem de cá. "Tomara que não escape!", pensou ele e eis que à luz fraca enxergou um rosto tártaro na frente do tronco. Lukachka apontou direto para a cabeça. Na ponta da espingarda ele lhe pareceu estar muito perto. "É um abreque mesmo", pensou ele com alegria e, num ímpeto, pôs-se de joelhos, achou novamente a mira na ponta do cano comprido e, ao pronunciar — Em nome do Pai e do Filho —, hábito cossaco adquirido ainda na infância, puxou o gatilho. Por um instante o relâmpago iluminou os juncos e as águas. O som seco e abrupto correu sobre o rio e longe, em algum lugar, transformou-se em estrondo. O tronco já não atravessava a corrente, mas girava e era levado por ela rio abaixo.

— Pega, eu digo! — gritou Ierguchov, pegando na espingarda e soerguendo-se de trás de um cepo.

— Fique quieto, diacho! — sussurrou Lukachka entre os dentes. — São abreques!

— Em quem você atirou? — perguntava Nazarka. — Lukachka, em quem atirou?

Lukachka não respondia. Ele carregava a espingarda e seguia com os olhos o tronco que se afastava, mas acabou encostando num banco não muito longe. Por trás dele apareceu algo volumoso, balançando na água.

— Por que atirou? Por que não conta? — repetiam os cossacos.

— São abreques, já disse! — repetiu Luká.

— Chega de mentir! A espingarda atirou sozinha?

— Matei um abreque! Eis em quem atirei! — respondeu Lukachka com a voz rouca de emoção, ficando em pé de um

pulo. — O homem vinha nadando... — disse ele, apontando para o banco. — Eu o matei. Olhe lá.

— Chega de mentir! — repetia Ierguchov, esfregando os olhos.

— Chega do quê? Olhe só! Ali! — disse Lukachka, pegou-o pelos ombros e puxou-o para si com tanta força que Ierguchov gemeu.

Ierguchov olhou na direção apontada por Luká e, ao enxergar o corpo, mudou de tom.

— Oh! Aposto que virão outros, sem dúvida! — disse ele e começou a examinar sua espingarda. — Esse vinha na frente. Ou eles já estão por aqui perto, ou ao longe, do outro lado. Ouçam o que eu digo.

Lukachka tirou o cinto e já ia a tirar o casaco.

— Aonde vai, bobão? — gritou Ierguchov. — Basta você se meter e perderemos tudo à toa. Dá-me o saquinho para eu acrescentar pólvora, você tem? Nazar, vá até a barreira, rápido, mas não pela margem, matarão você na certa.

— Sozinho não vou! Vá você mesmo — disse Nazarka asperamente.

Lukachka tirou o casaco e se dirigiu à margem.

— Não se meta, eu disse — repetiu Ierguchov, colocando pólvora na espingarda. — Ele não se mexe, estou vendo. Falta pouco até amanhecer, deixa o pessoal da barreira vir. Vá, Nazar, não tenha medo, eu disse!

— Luká, conte, como foi que o matou? — perguntou Nazarka.

E no mesmo instante Luká desistiu de entrar na água.

— Vão vocês dois à barreira e eu fico aqui. E digam aos cossacos que façam a ronda. Se estiverem deste lado... temos que pegá-los!

— Certo, podem escapar, é preciso pegá-los — disse Ierguchov, levantando-se.

Nazarka e Ierguchov persignaram-se e foram à barreira não pela margem, mas abrindo caminho no abrunheiro até a vereda da floresta.

— Vê lá, Luká, não se mexa, senão acertam você aqui. Tome cuidado.

— Sei disso, podem ir — respondeu Luká. Examinou a espingarda e sentou-se atrás do cepo.

Ficando só, Lukachka olhava para o banco e, de ouvido apurado, aguardava os cossacos. A barreira estava longe, mas ele ardia de impaciência, supondo que os abreques que tinham chegado junto com o morto iriam embora. Assim como no caso do javali que havia escapado à noite, ficaria chateado se os abreques fossem embora. Olhava ora em torno de si, ora para a margem oposta, esperando surgir mais um deles, e estava pronto para atirar outra vez. Mas a ideia de que podiam matá-lo não passava pela sua cabeça.

IX

O dia já despontava. O corpo do tchetcheno parado próximo ao banco balançava levemente e agora podia ser visto com clareza. De repente, não longe do cossaco, ouviram-se estalos de juncos e passos, as flores dos juncos se mexeram. O cossaco armou o cão e disse: "Em nome do Pai e do Filho". Com o clique do gatilho os passos pararam.

— Ei, cossacos! Não matem o tio — ouviu-se aquele baixo sereno e, abrindo os juncos, o tio Ierochka ficou cara a cara com Lukachka.

— Por pouco não te matei, juro por Deus! — disse este.

— Atirou em quê? — perguntou o velho.

Sua retumbante voz ressoou na floresta rio abaixo e acabou com o mistério e o silêncio noturno que cercavam o cossaco, como se de repente tudo ficasse mais claro e visível.

— É que você não viu nada, tio. Acontece que matei uma fera — disse Lukachka, desarmando a espingarda e levantando-se com uma tranquilidade incomum.

O velho não tirava os olhos das costas que branqueavam nas águas do Térek e já estavam bem visíveis.

— Vinha nadando com aquele tronco nas costas. Consegui enxergá-lo e... Olhe lá! Parece que tem uma espingarda nas calças azuis. Está vendo? — dizia Luká.

— É claro que estou — respondeu o velho em tom sentido e seu rosto ficou sério e até severo. — Você matou um ginete — disse ele em tom de pesar.

— Fiquei olhando e reparei algo preto do outro lado, ainda na margem, que surgiu e no mesmo instante caiu, como se fosse uma pessoa. Que coisa estranha! E um tronco, um bem grandão, flutuava, flutuava não ao longo do rio, mas atravessando a correnteza. Que milagre é esse? Dos juncos não dava para ver direito, então eu me levantei, o espertalhão deve ter ouvido e acabou parando no banco. Saiu rastejando e começou a olhar. "Ahá", pensei, "você não escapa". (Ai, alguma coisa parou na minha garganta!) Apontei a espingarda, não me mexi, fiquei aguardando. Ele ficou parado, depois flutuou de novo e quando saiu à luz da lua crescente, deu para ver até suas costas. "Em nome do Pai, do Filho e do Espírito Santo." Vi por trás da fumaça que estava se agitando. Gemeu ou foi impressão, talvez? "Bem,", pensei, "matei, graças a Deus!" E quando a água o empurrou para a areia, ficou tudo à vista. Ele quis se levantar, mas não teve forças. Debateu-se um pouco e deitou. Agora dá para ver bem. Não está se mexendo, deve ter morrido. Os cossacos foram correndo para a barreira. Tomara que os outros não escapem!

— Duvido que os peguem! — disse o velho. — Já devem estar longe... — E tristemente balançou a cabeça.

Nesse instante ouviu-se o crepitar de galhos e vozes altas: os cossacos, a pé e a cavalo, estavam chegando pela margem.

— Estão trazendo um barco? — gritou Luká.

— Bravo, Luká! Traz ele para a margem! — gritou um dos cossacos.

Lukachka, sem esperar pelo barco e de olho na sua presa, começou a tirar a roupa.

— Espere! Nazarka vem vindo com o barco! — gritou o sargento.

— Bobão! Pode estar vivo! Só fingindo! Leve o punhal! — gritou outro cossaco.

— Conversa! — gritou Luká, tirando as calças. Ele se persignou, pulou na água, mergulhou e, dando braçadas largas e levantando alto as costas, nadou, atravessando a correnteza em direção ao banco. A multidão de cossacos continuava conversando com várias vozes sonoras. Três cavaleiros foram fazer a ronda. De trás da curva apareceu o barco. Lukachka pôs os pés na areia do banco, inclinou-se sobre o corpo, mexeu-o umas duas vezes.

— Está morto mesmo! — gritou de lá com sua voz aguda.

O tchetcheno tinha sido morto com um tiro na cabeça. Trajava calças azuis, camisa, casaco circassiano, espingarda e punhal amarrados nas costas. Por cima de tudo, estava amarrado o galho grande que, de início, tinha enganado Lukachka.

— Que carpa mordeu a isca! — disse um dos cossacos reunidos em volta, enquanto o corpo do tchetcheno era tirado do barco e colocado na grama.

— Como está amarelado! — disse um outro.

— Onde os nossos foram buscá-los? Devem estar todos do outro lado. Se ele não fosse o da frente, faria de outro jeito. Por que vir nadando sozinho? — disse o terceiro.

— Deve ter sido um valentão, prontificou-se para ir à frente. O melhor dos ginetes! — ironicamente disse Lukachka, torcendo sua roupa molhada e tremendo sem parar. — Tem a barba pintada e aparada.

— Trouxe até o *kaftan* nas costas, num saquinho. Assim ficou mais fácil para ele nadar.

— Escute, Lukachka! — disse o sargento, que segurava a espingarda e o punhal tirados do morto. — Fique com o punhal e o *kaftan*, e venha depois que lhe darei três moedas[14] pela espingarda. Veja, está com um oco — acrescentou ele, soprando dentro do cano. — Gostaria de tê-la como lembrança.

Lukachka não respondeu; essa pedincha não o agradou, mas sabia que não havia como evitá-la.

— Veja só que diabo! — disse ele, carrancudo, jogando o *kaftan* do tchetcheno no chão. — Se ao menos fosse bom, mas é um trapo.

— Serve para carregar lenha — disse um outro cossaco.

— Móssev! Vou dar uma chegada lá em casa — disse Lukachka ao esquecer, pelo visto, seu desgosto e querendo tirar proveito do presente que o chefe deu a si mesmo.

— Bem, pode ir!

— Puxem-no para lá da barreira — disse o sargento aos cossacos, ainda examinando a espingarda. — E temos que fazer uma choça contra o sol, talvez os montanheses venham resgatá-lo.

— Ainda não faz calor — disse alguém.

— E se um chacal o rasgar? Fica bem, por acaso? — observou um dos cossacos.

---

14 N.O.: Um rublo de prata (na região).

— Vamos colocar um guarda, porque se um chacal rasgá-lo, ficará feio quando o vierem resgatar.

— Bem, Lukachka, queira ou não, deve oferecer um balde de vinho para os rapazes — disse o sargento alegremente.

— Ah, isso é praxe! — secundaram os cossacos. — Veja que sorte Deus lhe deu: sem enxergar nada matou um abreque.

— Vendo o punhal e o *kaftan*. Paguem bem. E as calças. Para mim não servem, o diacho era magro.

Um dos cossacos comprou o *kaftan* por uma moeda; um outro pagou dois baldes de mosto pelo punhal.

— Beberão, rapazes; trarei um balde eu mesmo, da povoação.

— E as calças, corte em lenços para as raparigas — disse Nazarka.

Os cossacos caíram na gargalhada.

— Chega de rir — disse o sargento. — Levem o corpo. Colocaram essa porcaria perto da casa...

— Por que estão parados? Vamos levá-lo para lá, rapazes! — gritou imperativamente Lukachka.

Os cossacos, sem vontade alguma de pegar no corpo, cumpriram sua ordem, como se ele fosse o chefe. Ao dar alguns passos, os cossacos colocaram o corpo no chão e suas pernas sem vida estremeceram. Por alguns minutos os cossacos ficaram parados a certa distância em volta dele, em pleno silêncio. Nazarka aproximou-se do corpo, ajeitou a cabeça virada para que a ferida redonda sobre a fronte e o rosto do morto fossem vistos.

— Vejam a marca que ele fez! Direto pro cérebro! — disse Nazarka. — Não vai se perder, os parentes o reconhecerão. Ninguém respondeu e novamente um anjo silencioso sobrevoou os cossacos.

O sol já havia subido e seus raios fragmentados iluminavam a verdura coberta pelo rocio. O Térek agitava-se por perto na floresta acordada, os faisões, saudando o dia, cantavam de todos os lados. Imóveis e calados, os cossacos permaneciam em volta do morto e olhavam para ele. O corpo de pele morena, seminu, só de calças azuis encharcadas e escurecidas, cingidas na barriga cavada, era esbelto e bonito. Os braços musculosos estavam deitados retos, ao longo do corpo. A cabeça redonda e azulada por ser recém-raspada, com a ferida num lado, estava jogada para trás. A testa lisa e bronzeada destacava-se da parte raspada. Os olhos vidrados com as pupilas fundas pareciam olhar para cima, para o além. Nos lábios finos, esticados para os lados e salientes por causa do curto bigode ruivo, fixou-se um risinho bondoso e fino. As pequenas mãos cobertas por cabelinhos ruivos estavam com os dedos fechados e as unhas pintadas de vermelho.

Lukachka ainda não tinha se vestido, estava molhado, com o pescoço vermelho, as largas maçãs do rosto estremeciam, o corpo branco e sadio soltava um vapor quase invisível no fresco ar matinal.

— Ê, também era um homem! — disse ele, admirando o morto, pelo visto.

— Sim, mas se fosse ele que te pegasse, não ia te poupar — retrucou um dos cossacos.

O anjo silencioso se foi. Os cossacos começaram a se movimentar e conversar. Dois deles foram cortar arbustos para a choça. Outros se dirigiram à barreira. Luká e Nazarka foram pegar suas coisas para ir à povoação. Meia hora depois, os dois, quase correndo, voltavam para casa pela floresta densa que separava o Térek da povoação e não paravam de conversar.

— Vê se não conta pra ela que fui eu que te mandei. Verifique se o marido está em casa.

— E eu vou dar uma passada na casa de Iamka. Vamos farrear hoje? — perguntou o cordato Nazarka.

— Quando, se não for hoje? — respondeu Luká.

Ao chegar em casa, os cossacos beberam e caíram na cama para dormir até a noite.

X

No terceiro dia após o acontecimento descrito, duas companhias do regimento caucasiano de infantaria entraram na povoação de Novomlínskaia para se aquartelar.

O comboio da companhia, desatrelado, já estava na praça. Os cozinheiros já tinham aberto um buraco na terra, catado a lenha mal guardada de várias casas e estavam preparando a papa. Os soldados do comboio fincavam estacas para prender os cavalos. Os sargentos ajudantes estavam fazendo a contagem dos soldados e os encarregados do aquartelamento, habitantes do local, andavam pelas ruas e travessas, indicando as moradias aos oficiais e soldados.

Estavam ali caixotes verdes, colocados em fileira, carros de transporte de carga e cavalos, e os caldeirões nos quais se preparava a papa. Estavam ali o capitão, o tenente e Oníssim Mikháilovitch, o sargento. Tudo isso se encontrava naquela mesma povoação, na qual, como diziam, fora ordenado aquartelar as companhias e, portanto, as companhias estavam em casa. Por que nessa povoação? Quem eram esses cossacos? Iriam gostar desse aquartelamento ou não? Qual era sua fé? Ninguém se importava com isso. Os soldados, liberados do serviço, exaustos e empoeirados, espalharam-se ruidosa e desordenadamente, feito um enxame, pelas praças, ruas e travessas, em pares ou em trios, sem reparar absolutamente na antipatia dos cossacos; conversavam alegremente e tiniam com as espingardas, entravam nas casas, penduravam a munição, desfaziam suas mochilas e brincavam com as mulheres.

No lugar do evento predileto – a papa – reúne-se um grande grupo de soldados que, com cachimbos nas bocas, olham ora para a fumaça que sobe imperceptível para o céu quente e lá se condensa, como uma nuvem branca, ora para as chamas da fogueira que tremem no ar como vidro derretido, e gracejam e motejam dos cossacos e cossacas por eles viverem de um modo completamente diferente do russo.

Em todas as casas ouvem-se risos de soldados e gritos estridentes e bravos das cossacas que defendem suas moradias e não querem oferecer nem água, nem louça. Os moleques e as meninas agarram-se às mães e uns aos outros, assustados e surpresos, seguindo todos os movimentos dos militares, nunca vistos, e correm atrás deles, mantendo distância. Os velhos saem das casas, sentam-se nos bancos de terra em volta delas e, sombrios, calados e como que conformados, observam os afazeres dos soldados, sem entender em que iria dar tudo aquilo.

Olénin, sendo cadete alistado no regimento caucasiano fazia três meses, ficou alojado numa das melhores casas da povoação, a do sargento Iliá Vassílievitch, isto é, a casa da vovó Ulita.

— O que é isso, Dmítri Andréievitch? — disse, ofegando, Vaniucha a Olénin que, depois de cinco horas de travessia, adentrou o pátio da casa concedida a ele, todo alegre, num cavalo da raça cabardina, comprado em Gróznyi[15], e trajando um casaco circassiano.

— O quê, Ivan Vassílitch? — perguntou Olénin, dando palmadas carinhosas no cavalo e olhando com um sorriso para Vaniucha, todo suado, desgrenhado e de cara aflita, que chegara junto com o comboio e desfazia as malas.

Olénin aparentava ser outro homem. Em lugar do rosto escanhoado, tinha bigodes e barbicha. Em vez de uma pele amarelada, gasta pela vida noturna, as faces e a fronte tinham um bronzeado avermelhado, sadio. No lugar do fraque preto, novo e limpo — um casaco circassiano branco, sujo, com pregas largas e a arma por cima. Em lugar de golas recém-lavadas e engomadas — uma gola vermelha de *kaftan* de xantungue, que apertava seu pescoço bronzeado. Estava vestido à moda circassiana, porém mal: qualquer um reconheceria nele um russo, nunca um ginete. Tudo era igual e ao mesmo tempo não era. Mas sua aparência exalava saúde, alegria e autossuficiência.

— O senhor ri, mas tente falar com eles: eles nem lhe dão chance de nada e ponto final. Nem uma única palavra a gente consegue tirar deles. — Com raiva, Vaniucha jogou o balde de ferro no chão. — Nem parecem russos.

— Mas você falou com o chefe da povoação?

— Nem sei onde encontrá-lo — respondeu Vaniucha em tom ofendido.

— Mas quem te trata desse jeito? — perguntou Olénin, olhando em volta.

---

15 N.T.: Capital da Tchetchênia.

— Sei lá, diacho! Aqui não tem chefe de verdade, dizem que foi numa tal de *kriga*[16]. E a velha é um demônio tamanho, que Deus me livre! — respondeu Vaniucha, pondo as mãos na cabeça. Como vamos viver aqui, não sei. São piores do que tártaros, juro por Deus! E ainda se consideram cristãos. Até um tártaro é mais nobre que eles. "Foi pra *kriga*!" Que *kriga* é essa que eles inventaram? Vai saber! — concluiu Vaniucha e virou a cara.

— Não é como em nossa aldeia? — disse Olénin, zombando, sem descer do cavalo.

— O cavalo, por favor — disse Vaniucha, desconcertado com a nova ordem das coisas para ele, porém resignado à sua sina.

— Então, os tártaros são mais nobres, hein, Vaniucha? — repetiu Olénin, descendo do cavalo e batendo com a mão na sela.

— Sim, o senhor está rindo! Acha isso engraçado! — disse Vaniucha em tom zangado.

— Espere, Ivan Vassílievitch, não se zangue — respondeu Olénin e continuou sorrindo. — Vou falar com os patrões, tudo se arranja, você verá. Vamos viver muito bem! É só você não ficar aflito.

Vaniucha não respondeu, só seguiu as costas do amo com o olhar cheio de desprezo e balançou a cabeça. Para Vaniucha, Olénin era apenas senhor; para Olénin, Vaniucha era apenas criado. Ambos ficariam surpresos se alguém lhes dissesse que eram amigos. Mas eram amigos sem se dar conta disso. Vaniucha tinha onze anos quando foi levado à casa de Olénin, e este também. Quando Olénin completou quinze anos, ocupou-se, por algum tempo, com a educação de Vaniucha e en-

---

16 N.O.: Lugar para pesca separado por uma cerca de vime.

sinou-o a ler em francês, do que Vaniucha muito se orgulhava. E quando estava de bom humor, soltava palavras francesas, acompanhando-as com um riso bobo.

Olénin subiu à soleira da casa e empurrou a porta de entrada. Marianka, que estava na antessala só de camisa cor-de-rosa, como costumam andar as mulheres cossacas dentro de casa, levou um susto, pulou da porta para a parede, apertando-se contra ela, e escondeu a parte inferior do rosto com a manga da camisa tártara. Ao abrir a porta seguinte, Olénin, à meia luz, viu o talhe alto e esbelto da jovem cossaca. Com a curiosidade ávida dos jovens, ele logo notou as formas fortes de donzela que se delineavam sob a camisa de chita fina e os lindos olhos negros, que o fitavam com pavor infantil e uma curiosidade louca. "É ela!", pensou Olénin. "Haverá muitas outras", passou-lhe pela cabeça logo em seguida, e ele abriu mais uma porta para dentro de casa. A vovó Ulita, também apenas de camisa, estava varrendo o chão, curvada e de costas para ele.

— Bom dia, patroa! Vim a respeito do alojamento... — começou ele.

A cossaca, sem endireitar as costas, virou para ele seu rosto severo, mas ainda bonito.

— Pra que veio? Quer caçoar da gente? Não é? Vai ver só! Mando uma praga preta pra você! — gritou ela, olhando para o intruso de esguelha e com o cenho carregado.

De início, Olénin achava que o bravo, mas exausto regimento caucasiano do qual ele fazia parte seria recebido com alegria por todos, principalmente pelos cossacos, seus companheiros de guerra, e, por isso, a recepção que acabara de ter deixou-o desconcertado. Apesar disso, tentou explicar que pretendia pagar o aluguel, mas a velha não o deixou terminar.

— Pra que veio? Que chaga te falta? Sua cara rapada! Espere só o patrão chegar, que ele vai te mostrar o seu lugar. Não preciso do seu dinheiro sujo. Que novidade! Emporcalha a casa com seu tabaco e quer pagar com dinheiro! Atira no seu coração! — gritava ela e não deixava Olénin falar.

"Pelo visto, Vaniucha tem razão!", pensou Olénin. "Os tártaros são mais nobres", e, acompanhado das pragas da vovó Ulita, saiu da casa. Nesse momento, Mariana, assim como estava, de camisa cor-de-rosa, mas com um lenço branco na cabeça até os olhos, esgueirou-se por ele, desceu correndo a escada da soleira batendo com os pés descalços nos degraus, parou, virou-se impetuosamente, lançou-lhe um olhar risonho e desapareceu atrás da esquina da casa.

O passo firme e jovem, o brilho dos olhos selvagens debaixo do lenço branco e o corpo esbelto da beldade deixaram Olénin ainda mais admirado. "Deve ser ela" pensou ele. Pensando cada vez menos no alojamento, virando-se para trás a cada instante, ele se aproximou de Vaniucha.

— Está vendo, a rapariga também é selvagem feito uma égua nova que vive em manada! — disse Vaniucha, ainda descarregando o carro e um pouco mais alegre. — *Lafam!*[17] — acrescentou ele em voz alta e solene e caiu na risada.

---

17 N.O.: Em francês incorreto: Mulher!

XI

No fim da tarde, o patrão voltou da pesca e, ao saber que o alojamento seria pago, apaziguou sua mulher e satisfez as exigências de Vaniucha.

Tudo se arranjou. Os senhorios haviam se mudado para a casa de inverno e cederam a casa fria para o cadete por três moedas ao mês. Olénin comeu e dormiu. Ao acordar, já quase à noite, lavou o rosto, arrumou-se, almoçou e, ao acender um cigarro, sentou-se ao pé da janela que dava para a rua. O calor passou. A sombra da casa estendeu-se em diagonal na rua empoeirada e ainda subiu pela parte inferior de uma casa do outro lado. Os juncos na cobertura da casa em frente brilhavam sob os raios do sol poente. O ar tornava-se fresco. A povoação estava silenciosa. Os soldados, já alojados, acalmaram-se. O gado ainda não tinha vindo e o povo ainda não havia voltado da lavoura.

A morada de Olénin estava quase na ponta do povoado. De vez em quando, longe, atrás do Térek, de onde veio Olénin, ressoavam tiros surdos, na Tchetchênia ou no Daguestão. Olénin sentia-se muito bem depois de três meses de vida de bivaque. Sentia frescor no rosto lavado, no corpo forte – uma estranha sensação de estar limpo depois da marcha e, em todos os membros descansados – tranquilidade e força. Dentro dele tudo também era fresco e claro. Lembrava a campanha e o perigo do qual escapara, lembrava que tinha agido bem frente ao perigo, não pior que os outros, e fora aceito na sociedade dos caucasianos valentes. As lembranças moscovitas já estavam Deus sabe onde. A vida anterior ficou apagada e começava uma vida nova, ainda sem erros. Aqui, como pessoa nova entre gente nova, ele poderia merecer uma boa reputação. Experimentava gratuitamente um sentimento jovem de alegria da vida e olhando ora para os moleques que brincavam com piões na sombra perto da casa, ora para sua nova moradia arrumada, imaginava como seria agradável essa nova vida para ele na povoação. Olhava também para as montanhas e o céu e a todas as lembranças e sonhos juntava-se a percepção da imponência da natureza. Sua vida começou não como ele esperava, partindo de Moscou, mas inesperadamente bem. As montanhas, montanhas, montanhas estavam presentes em tudo, em tudo que ele pensava e sentia.

— Beijou a cadela! Lambeu a panela! Tio Ierochka beijou a cadela! — começaram a gritar de repente os moleques que brincavam com piões debaixo da janela. — Beijou a cadela! Perdeu o punhal na bebedeira! — gritavam eles, olhando para uma ruela, agrupando-se e recuando.

Os gritos eram dirigidos para o tio Ierochka, que voltava da caça com a espingarda nas costas e faisões atrás do cinto.

— Mea culpa, meninos! Mea culpa — dizia ele, agitando os braços, zangado, pelo visto, mas fingindo que não ligava para isso.

Olénin estranhou o tratamento da molecada para com o velho caçador e surpreendeu-o mais ainda o rosto expressivo, inteligente e a compleição forte do homem chamado tio Ierochka.

— Vovô! Cossaco! — chamou-o Olénin. — Chegue até aqui.

O velho olhou para a janela e parou.

— Salve, gente boa! — disse ele, soerguendo o gorrinho que cobria seu cabelo de corte curto.

— Salve, gente boa! — respondeu Olénin. — Por que os meninos gritam para você?

O tio Ierochka aproximou-se da janela.

— Ficam me provocando. Não tem importância. Eu gosto. Que se divirtam com o velho — disse ele com uma entonação melodiosa e firme, própria de velhos veneráveis. — Você que é o comandante?

— Não, sou cadete. Onde caçou os faisões? — perguntou Olénin.

— Na floresta. Matei três fêmeas — respondeu o velho e virou-se de costas, mostrando três aves, cujas cabeças estavam enfiadas atrás do cinto, manchando seu *kaftan* circassiano com sangue. — Não tinha visto ainda? — perguntou ele. — Se quiser, pegue duas para você. Tome! — E colocou dois faisões na janela. — E você, caça também? — perguntou o velho.

— Sim. Acertei quatro na campanha.

— Quatro? Nossa, é muito! — disse ironicamente o velho. — E você bebe? Toma mosto?

— E por que não? Gosto de beber.

— Puxa! Estou vendo que você é um bravo rapaz. Seremos amigos, você e eu — disse o tio Ierochka.

— Então entre — disse Olénin. — Vamos beber mosto.

— E por que não? — respondeu o velho. — Não esqueça os faisões.

Pela cara do velho, percebia-se que ele tinha gostado do cadete. E logo percebeu que podia beber de graça com ele, por isso lhe deu os faisões.

Passados alguns minutos, a figura do tio Ierochka apareceu na porta da casa.

Só então Olénin viu o tamanho enorme e a força da compleição desse homem, apesar de estar cheio de sulcos, marcas de trabalho duro e de velhice, o seu rosto marrom avermelhado, e a barba em leque completamente branca. Tinha os músculos das pernas, braços e ombros cheios e salientes, como somente um jovem pode ter.

Na cabeça, por entre os cabelos curtos, viam-se cicatrizes profundas. A pele do pescoço musculoso e largo, como de um boi, estava coberta por uma rede de rugas. As mãos nodosas tinham raspões e arranhões. Com passos leves, ele atravessou o limiar, tirou a espingarda, colocou-a num canto, com um olhar rápido, avaliou as coisas do novo morador amontoadas perto da parede e, sem bater os pés, passou para o centro da sala. Junto com ele entrou um cheiro forte, mas não desagradável, de uma mistura de mosto, vodca, pólvora e sangue coagulado.

O tio Ierochka fez uma reverência aos ícones, alisou a barba e estendeu a mão grossa e preta a Olénin.

— *Kochkildi!* — disse ele. — Em tártaro isso significa: desejo-lhe paz e saúde.

— *Kochkildi!* Eu sei — respondeu Olénin e também lhe estendeu a mão.

— Não, você não sabe, não sabe as regras! Seu tolo! — disse o tio Ierochka, e balançou a cabeça com censura.

— Quando lhe disserem *kochkildi*, responda: *Allá razi bo sun*, isto é, Deus o salve. É isso, meu caro, e não *kochkildi*. Eu te ensino tudo. Já esteve por aqui Iliá Mosséitch, um dos seus, russo, nós éramos amigos. Um bravo rapaz. Beberrão, ladrão, caçador, e que caçador! Eu lhe ensinei de tudo.

— E o que pode me ensinar? — perguntou Olénin, cada vez mais interessado pelo velho.

— Levo você à caça, ensino a pescar, mostro os tchetchenos, até arranjo uma queridinha, se quiser. Eis como eu sou. Um brincalhão! — E o velho riu. — Vou sentar, meu caro, cansei. *Kargá?* — acrescentou ele em tom interrogativo.

— O que significa *kargá?* — perguntou Olénin.

— Em georgiano isso significa: *está bem.* Eu sempre falo assim, é minha palavra predileta: *kargá.* Se eu falo *kargá,* significa que estou brincando. E aí, meu caro, mande trazer o mosto. Tem um soldado? Um segurança? Tem? Ivan! — gritou o velho. — Pois qualquer soldado russo é Ivan. O seu também?

— Ivan, Vaniucha, pegue o mosto com os patrões e traga aqui!

— Tanto faz, Vaniucha ou Ivan. Por que todos os soldados têm o mesmo nome? Ivan! — repetiu ele. — Pede lá o mosto do barril começado. O mosto deles é o melhor na povoação. Mas não dê mais que trinta copeques por um copo, senão essa bruxa é capaz de... O nosso povo é ignorante, tolo — prosseguiu ele em tom confidencial, depois que Vaniucha saiu —, não consideram vocês como gente. Vocês para eles são piores do que os tártaros. Dizem que os russos são leigos. Mas a meu ver, mesmo um soldado é gente e tem alma dentro de si. Está certo meu julgamento? Iliá Mosséitch era soldado, mas que pessoa, que homem de ouro! Estou certo, meu caro? É por isso que os nossos não gostam de mim, mas eu não me importo. Sou um homem alegre, amo todo mundo, eu, Ierochka! É isso aí, meu caro!

E o velho deu umas palmadas carinhosas no ombro do jovem.

XII

Nesse meio tempo Vaniucha terminou todos os seus afazeres e até fez a barba com o barbeiro da companhia, soltou as calças por cima dos canos das botas, como sinal de que os alojamentos da companhia eram espaçosos e que ele encontrava-se no melhor dos estados de espírito. Olhou atentamente e com malevolência para Ierochka, como para um bicho selvagem inédito, balançou a cabeça ao ver a sujeira no chão, trazida por ele, pegou duas garrafas vazias debaixo do banco e foi falar com os donos da casa.

Vaniucha resolveu ser breve.

— Boa tarde, gente amável — disse ele. — Meu amo mandou comprar mosto; encham, por favor.

A velha não respondeu. A moça estava amarrando o lenço na frente de um espelhinho tártaro. Calada, ela olhou para Vaniucha.

— Eu pago — disse Vaniucha, tilintando com as moedas de cobre no bolso. — Sejam bondosos e nós também seremos bondosos. Assim é melhor — acrescentou ele.

— Quanto? — perguntou a velha.

— Uma jarra.

— Vá querida, encha para eles — disse vovó Ulita à filha.
— Do barril começado, meu bem.

A moça pegou as chaves e uma jarra e saiu junto com Vaniucha.

— Diga-me, por favor, quem é essa mulher? — perguntou Olénin apontando para Marianka, que naquele momento passava na frente da janela.

O velho deu uma piscadela e uma cotovelada no jovem.

— Espere — disse ele e assomou na janela. — Cof, Cof! — tossiu ele. — Marianuchka! Marianka! Apaixone-se por mim, meu anjo! — Estou brincando — sussurrou ele para Olénin.

A rapariga, sem virar a cabeça, continuou passando com aquele andar galhardo e elegante que somente as cossacas têm. Apenas seus olhos negros sombreados viraram-se devagar para o velho.

— Apaixone-se por mim e será feliz! — gritou Ierochka e, dando piscadelas, olhou para Olénin com interrogação. — Sou ótimo! Sou brincalhão! — acrescentou ele. — A moça é uma rainha!

— Uma bela moça — disse Olénin. — Chame-a aqui.

— Nem pensar! — disse o velho. — Estão querendo arranjar casamento entre ela e Lukachka. Luká é um bravo cossaco, um ginete, há poucos dias matou um abreque. Vou achar uma melhor para você. Uma que estará vestida de seda e prata. Se eu disse, será feito. Arranjarei uma beldade.

— Ô velho, o que está dizendo? — disse Olénin. — Isso é pecado!

— Pecado? Pecado por quê? — objetou categoricamente o velho. — Olhar para uma rapariga é pecado? Divertir-se com ela é pecado? Ou amá-la é pecado? Com vocês é assim? Não, meu caro, isso não é pecado, é uma salvação. Deus fez você, Deus fez também a rapariga. Tudo foi feito por Ele. Não é pecado olhar para uma moça bonita. Ela foi feita para ser amada e dar alegria. É assim que eu penso, meu caro.

Ao atravessar o pátio e entrar numa adega fresca, cheia de barris, Mariana, com a prece habitual, aproximou-se de um dos barris e mergulhou nele a concha. Vaniucha, que ficou na porta, sorria, olhando para ela. Parecia-lhe muito engraçado vê-la só de camisa, que estava justa nas costas e arregaçada na frente. E o mais engraçado era o colar de moedas de cinquenta copeques. Achava que isso não era à maneira russa e que lá a criadagem cairia na risada se a visse. "*La fil com ce tre bie*".[18] "Para variar, vou falar isso para meu amo", pensou ele.

— Diacho! O que está esperando? — gritou-lhe a moça de repente. — Dê-me a jarra.

Ao encher a jarra com vinho tinto frio, Mariana passou-a para Vaniucha.

— Entregue à mamãe — disse ela, empurrando a mão de Vaniucha com as moedas.

Vaniucha deu um risinho.

— Por que vocês são tão bravos, queridos? — disse ele em tom de bonomia, enquanto a moça tampava o barril.

Ela riu.

— E vocês, são bondosos, por acaso?

— Meu amo e eu somos muito bondosos — respondeu Vaniucha persuasivamente. — Somos tão bons que em todo lugar onde parávamos, os donos das casas ficavam muito agradecidos. Porque ele é nobre.

A rapariga mostrou-se interessada.

---

18 N.O.: Em francês incorreto: Essa moça é muito linda.

— E está casado, esse seu amo? — perguntou ela.

— Não! Ele é jovem e solteiro. Porque os nobres não podem casar enquanto jovens — objetou Vaniucha em tom instrutivo.

— Que coisa! Já tem o tamanho de um búfalo, mas para casar é jovem! Ele é chefe de todos vocês?

— Meu amo é cadete, significa que ainda não é oficial. Mas seu título é mais alto que general, é de pessoa importante. Porque não só o nosso coronel, mas o próprio tzar o conhece — orgulhosamente explicou Vaniucha. — Nós não somos como os outros do exército, que são gente sem eira nem beira. O nosso pai foi senador; tinha mil, mais que mil mujiques, e sempre mandam para nós mil rublos. Por isso todos gostam de nós. Alguém pode ser capitão, por exemplo, mas não ter dinheiro. Qual é a vantagem?

— Vá, vou trancar — interrompeu-o a moça.

Vaniucha voltou com o vinho, anunciou a Olénin que *la fil ce tre juli*[19] e saiu, rindo à toa.

---

19 N.O.: Em francês incorreto: A moça é muito bonitinha.

XIII

Na praça soaram as badaladas do pôr do sol. O povo já estava de volta do trabalho. Ouvia-se o mugido do gado que, cercado de uma nuvem dourada de poeira, entrava pelo portão. As raparigas e as mulheres agitavam-se nas ruas e pátios tocando o gado para os estábulos. O sol escondeu-se completamente atrás da serra nevada. Uma sombra azulada estendeu-se na terra e no céu. Sobre os pomares escurecidos, acendiam-se estrelas, os sons na povoação iam se apagando. Ao guardar o gado, as cossacas saíam das casas, agrupavam-se nas esquinas das ruas e acomodavam-se num banco de terra, comendo sementes de girassol. Depois de ter ordenhado duas vacas e uma búfala, Mariana foi se juntar a um desses grupinhos.

Estavam lá algumas mulheres, raparigas e um cossaco velho. Conversavam sobre o tchetcheno morto. O cossaco contava e as mulheres faziam perguntas.

— E o galardão? Deve ser grande, não é? — disse uma das cossacas.

— Sem dúvida, como não? Dizem que vai ganhar uma cruz.

— Móssev queria menosprezá-lo. Tirou a espingarda, mas os chefes em Kizliar souberam disso.

— Que vilão esse Móssev!

— Dizem que Lukachka voltou — comentou uma cossaca.

— Está farreando na casa de Iamka (Iamka era uma cossaca solteira e devassa, dona de um botequim) junto com Nazarka. Dizem que beberam meio balde.

— Que sorte teve o Arrancão! — disse uma das mulheres.

— Não é à toa que é um Arrancão! Nem se fala. Ele é ótimo! Como é habilidoso! E é um rapaz justo. Puxou o pai. Kiriak também era assim. Quando foi morto, a povoação toda chorava por ele... Parece que eles vêm vindo — disse a mulher, apontando para os cossacos que se aproximavam. — E Ierguchov junto! Esse bebum aí!

Lukachka, Nazarka e Ierguchov, depois de beber meio balde, iam ao encontro das raparigas. Todos os três estavam com a cara vermelha, principalmente o velho Ierguchov. Ele cambaleava e, rindo alto, dava cotoveladas em Nazarka.

— Por que não cantam, suas vadias? — gritou ele para as raparigas. — Cantem pra nós, eu disse!

— Cantar por quê? É festa, por acaso? — disse uma mulher. — Você que encheu a cara, você que cante.

Ierguchov riu e deu um empurrão em Nazarka.

— Então cante você! E eu acompanho. Sei cantar, eu disse.

— O que há, lindezas, adormeceram? — disse Nazarka. — Viemos da barreira para comemorar. Para cumprimentar Lukachka.

Lukachka, ao se aproximar do grupo, soergueu o gorro e parou em frente às moças. As maçãs do seu rosto estavam vermelhas. Ele falava baixo e pausadamente, mas nessa lentidão de sua fala e dos movimentos havia muito mais vivacidade e força do que na tagarelice e agitação de Nazarka. Ele lembrava um garanhão impetuoso que, depois de brincar à vontade, deu uma bufada, levantou o rabo e estacou, como se estivesse pregado no chão. Lukachka estava quieto na frente das raparigas, e seus olhos sorriam; falava pouco, olhando ora para os companheiros bêbados, ora para as moças.

Quando Mariana aproximou-se da esquina, ele soergueu o gorro com um movimento lento, deu-lhe passagem e ficou na sua frente, afastou levemente um pé, pôs os dois polegares atrás do cinto e ficou brincando com o punhal. Mariana respondeu seu cumprimento com uma reverência, sentou-se no banco e tirou do seio sementes de girassol. Lukachka, cuspindo a casca, não tirava os olhos da Mariana. Desde que ela chegara, todos estavam calados.

— E aí, ficam por quanto tempo? — interrompeu o silêncio uma das cossacas.

— Até amanhã de manhã — respondeu Lukachka.

— Que Deus te dê tudo de bom — disse o cossaco. — Fico feliz por você. Falei agora há pouco.

— Eu também! — secundou rindo o bêbado Ierguchov. — Ah, os hóspedes! — disse ele apontando para um soldado que estava passando. — A vodca dos soldados é boa! Eu gosto!

— Alojaram três diachos na nossa casa — disse uma das cossacas. O vovô foi reclamar na Administração, disseram que não podem fazer nada.

— Ahá! O quê? É uma desgraça? — disse Ierguchov.

— Encheram de fumo, não é? — perguntou outra cossaca. — Por mim, fume o quanto quiser lá fora, mas dentro da casa não deixo. Mesmo se vier o administrador, não vou deixar. Na sua casa ele não alojou ninguém, filho do diabo. E ainda podem roubar.

— Ah, você não gosta! — disse novamente Ierguchov.

— E ainda dizem que as raparigas têm de preparar suas camas e lhes oferecer mosto e hidromel — disse Nazarka e, como Lukachka, afastou um pé e empurrou o gorro um pouco para trás.

Ierguchov caiu na gargalhada e abraçou a rapariga que estava mais perto.

— Falo a verdade.

— Seu piche! — ganiu a rapariga. — Vou contar para sua mulher!

— Conte! — gritou ele — Quanto a Nazarka, ele disse a verdade, pois tem um papel e ele sabe ler.

E Ierguchov abraçou outra rapariga, a próxima.

— Me largue, seu canalha! — gritou rindo Ústenhka, moça de rosto redondo e corado e levantou o braço contra ele.

O cossaco esquivou-se e por pouco não caiu.

— E ainda dizem que raparigas não têm força. Quase me mata!

— Foi o diabo que te trouxe da barreira, seu piche! — disse Ústenhka e riu, virando-lhe as costas. — Ficou dormindo quando o abreque veio? Você poderia ser morto por ele, o que seria melhor.

— Você ia chorar muito! — riu Nazarka.

— Eu, chorar? Uma ova!

— Está vendo! Ela nem liga. Ia chorar? Hein, Nazarka? — dizia Ierguchov.

Todo esse tempo Lukachka olhava para Mariana sem falar nada.

Percebia-se que seu olhar perturbava a moça.

— Escute, Mariana, alojaram um chefe na sua casa? — perguntou ele, chegando mais perto.

Como sempre, Mariana não respondeu logo em seguida. Ela levantou devagar seus olhos para os cossacos. Lukachka estava rindo somente com os olhos, como se algo muito especial, independente da conversa, estivesse acontecendo entre ele e a moça.

— Sim, para eles, tudo bem, têm duas casas — respondeu por Mariana a velha. — Mas na casa dos Fómuchkin também alojaram um chefe que ocupou o canto inteiro com suas coisas, e a família não tem onde ficar. Onde já se viu, trouxeram uma horda inteira à povoação! E o que eles vão fazer aqui? Que trabalho pesado é esse?

— Dizem que vão construir uma ponte sobre o Térek.

— E para mim disseram — disse Nazarka aproximando-se de Ústenhka — que vão cavar um fosso e lá colocar as raparigas que não gostam de rapazes. — E soltou um dos seus gracejos, o que fez todo mundo cair na gargalhada.

Ierguchov começou a abraçar a velha, deixando passar Mariana, que seria a próxima.

— Por que não abraçou Marianka? Devia abraçar todas pela ordem — disse Nazarka.

— Não, a minha velha é mais doce — disse o cossaco beijando a velha, que tentava se livrar dele.

— Ele vai me sufocar! — gritou ela, rindo.

O bater de passos cadenciados no fim da rua interrompeu o riso. Três soldados de capotes e espingardas nas costas marchavam para render a guarda do tesouro da companhia. O cabo, velho comendador, olhou severamente para os cossacos: Lukachka e Nazarka estavam no meio do caminho e deveriam dar passagem aos soldados. Nazarka apartou-se, mas Lukachka apenas virou a cabeça e suas largas costas e não saiu do lugar.

— Aqui tem gente, contornem — disse ele e, com desdém, olhou de esguelha para os soldados. Calados, eles passaram do lado, marchando pela rua poeirenta.

Mariana riu e atrás dela riram todas as raparigas.

— Estão bem vestidos os rapazes! — disse Nazarka. — Feito padres de batinas longas. — Ele marchou imitando os soldados.

Todos riram novamente.

Devagar, Lukachka aproximou-se de Mariana.

— Onde está alojado esse chefe? — perguntou ele. Mariana pensou um pouco.

— Cedemos a ele a casa nova — respondeu ela.

— Mas ele é velho ou jovem? — perguntou Lukachka, sentando-se perto da rapariga.

— E eu perguntei, por acaso? Fui buscar mosto para ele, vi que estava na janela com tio Ierochka, parece ruivo. Trouxe uma carroça inteira de coisas.

Ela abaixou os olhos.

— Não sabe como estou feliz de conseguir sair da barreira! — disse Lukachka, sentando-se mais perto de Mariana e olhando nos seus olhos.

— Quanto tempo vai ficar? — perguntou Mariana, dando um leve sorriso.

— Até amanhã de manhã. Dê-me umas sementes — acrescentou ele, estendendo a mão.

Com um sorriso largo, Mariana abriu a gola da camisa.

— Pegue, mas não tudo — disse ela.

— Senti saudades de você, juro por Deus — sussurrou-lhe Luká em tom contido e tranquilo, tirando as sementes do seio da moça e, inclinando-se para ela mais ainda, começou a dizer algo com um riso nos olhos.

— Não vou, já disse — respondeu alto Mariana, desviando-se dele.

— Verdade... quero te dizer uma coisa, juro! — sussurrou Lukachka — Venha, Máchenhka.[20]

Mariana balançou a cabeça negativamente, mas sorrindo.

— Marianka! Mamãe está chamando para jantar! — gritou o irmãozinho de Mariana, que vinha correndo para o grupinho.

— Eu já vou — respondeu Mariana —, volte sozinho, vou daqui a pouco.

Lukachka levantou-se e soergueu o gorro.

— Acho que também vou para casa, assim é melhor — disse ele, fingindo indiferença, porém mal contendo o sorriso, e desapareceu atrás da esquina da casa.

Já era noite no povoado. Estrelas brilhantes semearam o céu escuro. As ruas ficaram vazias. Nazarka ficou com as cossacas e seus risos ressoavam nas redondezas. Lukachka afastou-se silenciosamente, agachou-se como um gato e, de repente, pôs-se a correr, segurando o punhal pendurado, porém não em direção à sua casa, mas à casa do sargento. Ao passar duas ruas, virou em uma travessa, levantou as abas do casaco circassiano e sentou-se no chão, na sombra da cerca. "Êita, sargentinha! Não está de brincadeira, diacho. Mas espere só." Ele pensava em Mariana.

Os passos de uma mulher se aproximando o distraíram. Apurou o ouvido e riu por dentro. Mariana vinha a passo ace-

---

20 N.T.: Carinhoso de Maria.

lerado diretamente para ele, cabisbaixa, batendo com uma vara pelas estacas da cerca. Lukachka levantou-se. Mariana estremeceu e parou.

— Oh! Seu desgraçado! Assustou-me. Nem foi para casa — disse ela alto e riu.

Lukachka abraçou-a e pôs a mão em seu rosto.

— O que eu queria te dizer... juro por Deus! — Sua voz embargava-se e tremia.

— Que conversas são essas a essa hora da noite? — respondeu Mariana. — Mamãe está à minha espera e você pode ir para a casa de sua queridinha — respondeu ela rindo.

— Não ria de mim, Mariana! Pelo amor de Deus! E daí que tenho uma queridinha? O diabo que a carregue! Apenas uma palavra sua e vou te amar, farei o que quiser! Ei-las aqui! (Ele fez as moedas tilintarem no bolso). Agora dá para viver, e como! Os outros vivem felizes e eu? Não tenho alegria nenhuma de você, Marianuchka!

A rapariga estava diante dele sem responder, quebrando a vara em pedacinhos com movimentos rápidos dos dedos.

De repente Lukachka apertou os punhos e os dentes.

— E por que tenho de esperar e só esperar o tempo todo? Não há ninguém que te ame como eu! Faça o que quiser comigo — disse ele com raiva no rosto, pegando suas mãos.

Mariana não alterou a serenidade do rosto e da voz.

— Não fique fanfarreando, Lukachka, ouça as minhas palavras — respondeu ela sem tirar suas mãos, mas afastando de si o cossaco. — Não me force e solte as minhas mãos. Não depende de mim, mas já que você me ama, vou te dizer: eu me casaria com você, mas não conte com nenhuma tolice da minha parte — disse Mariana sem desviar os olhos.

— Casaria? O casamento não está em nosso poder. Quero que você me ame, Marianuchka — disse ele e, de súbito, o bravo e arredio Lukachka se fez cordato e meigo, olhando com um sorriso nos olhos dela, bem de perto.

Mariana apertou-se contra ele e deu-lhe um beijo na boca.

— Irmãozinho! — sussurrou ela, abraçando-o impetuosamente. De repente apartou-se e pôs-se a correr para o portão de sua casa.

Apesar dos pedidos do cossaco para ficar por mais um minuto e ouvir o que ele tinha a lhe dizer, não parou e não olhou para trás.

— Vá! Alguém pode nos ver! — disse ela. — Parece que o diacho do nosso inquilino está rondando a casa.

"Sua sargentinha", pensou Lukachka, "ela 'casaria'! Casamento é outra coisa, quero que me ame!"

Na casa de Iamka, ele se encontrou com Nazarka, tomou umas e outras com ele e foi à casa de Duniacha e, apesar da sua infidelidade, passou a noite com ela.

XIV

Olénin realmente perambulava pela área em volta da casa e ouviu Mariana dizer: "o diacho do nosso inquilino". Ficou a noite toda com o tio Ierochka na varanda de sua nova morada. Mandou trazer uma mesa, um samovar, uma vela acesa e, tomando chá e fumando charuto, ouvia as histórias do velho, sentado num degrau. Apesar do ar parado, a chama da vela agitava-se, iluminando ora a coluna da varandinha, ora a mesa e a louça, ora o cabelo branco e rente do velho. As mariposas esvoaçavam e, soltando pozinho das asas, batiam na louça, nos copos, queimavam-se na chama da vela ou desapareciam na escuridão fora do círculo iluminado. Olénin e Ierochka, juntos, tomaram cinco garrafas de mosto. Ierochka brindava à saúde de Olénin cada vez que enchia os copos, oferecendo-lhe um, e falava sem parar. Contava sobre a vida dos cossacos nos velhos tempos, sobre seu pai, o Largão, que sozinho trazia nas costas um javali de dez *puds*[21] e tomava dois baldes de mosto de uma vez. Contou sobre sua vida e sobre seu amigo Guirtchik, com quem trazia *burkas* do outro lado do Térek nos tempos da peste. Falou também sobre a caça e como, numa manhã, matou dois cervos. Contou sobre sua queridinha, que à

---

21 N.T.: Antiga medida russa equivalente a 16,3 kg.

noite vinha correndo para ele quando estava na barreira. Todas essas histórias eram tão pitorescas e contadas com tanta eloquência que Olénin nem percebia o tempo passar.

— É isso, irmão, pena que você não me encontrou na minha idade de ouro, pois mostraria tudo a você. O que é Ierochka hoje? Um lambedor de jarra, mas antes era famoso no regimento inteiro. Quem tinha o melhor cavalo, quem tinha o sabre de Gurda?[22] Na casa de quem podia-se tomar vinho e farrear? Quem foi mandado às montanhas para matar Akhmet-khan? Sempre Ierochka. Quem era amado pelas raparigas? Também Ierochka. Porque eu era um verdadeiro ginete. Bebum, ladrão, cantor, arrebatava cavalhadas inteiras nas montanhas, o faz-tudo. Cossacos como antigamente, não há mais. Hoje, o cossaco calça botas estúpidas com um cano desse tamanho (mostrou com a mão a altura de uns 70 cm) e só olha para elas – a única alegria da vida! Ou enche a cara, mas nem isso faz como gente. Eu era Ierochka-ladrão, conhecido em todas as povoações e nas montanhas também. Os príncipes dos montanheses, amigos meus, vinham me visitar. Era amigo de qualquer um – tártaro, armênio, soldado ou oficial –, para mim não fazia diferença, contanto que fosse bebum. Diziam-me: você deve depurar suas relações mundanas: não beba junto com soldados, não coma junto com tártaros.

— Quem dizia isso? — perguntou Olénin.

— Os nossos padres. E o que diz o mulá tártaro? "Vocês, infiéis, por que comem carne de porco?" Quer dizer que cada um tem sua lei. Mas para mim é tudo igual. Tudo foi criado por Deus para a felicidade do homem. Não há pecado em

---

[22] N. de L. N. Tolstói: Nome do armeiro cujos punhais e sabres eram os mais estimados no Cáucaso.

nada. O bicho, por exemplo, vive no juncal dos tártaros e no nosso também. O lugar onde ele está é sua casa. Come o que Deus lhe der. E os nossos dizem que vamos lamber frigideiras por isso.

— Eu acho que tudo isso é mentira — acrescentou ele, depois de um silêncio.

— Mentira o quê? — perguntou Olénin.

— O que dizem os padres. Eu tinha um amigo na povoação Tchervlena, um suboficial. Era um bravo rapaz, como eu. Foi morto na Tchetchênia. Ele dizia que os padres tiram tudo de suas cabeças. "Quando bater as botas, vai crescer capim no túmulo, é só isso." — O velho riu. — Era arrojado!

— Que idade você tem? — perguntou Olénin.

— Sei lá! Uns setenta, com certeza. Quando vocês tinham a tzarina[23], eu já era crescidinho. Conte, então. Já completei os setenta?

— Já. Mas está ótimo ainda.

— Bem, graças a Deus a saúde eu tenho. Só que a bruxa da mulher me rogou praga...

— Como assim?

— Assim, rogou uma praga...

— Então, quando morrer, cresce capim? — repetiu Olénin.

Ierochka, pelo visto, não quis explicitar sua ideia. Ficou calado um pouco.

— E você pensou que fosse o quê? — disse ele gritando e, a sorrir, encheu o copo.

---

23 N.O.: Refere-se a Ekaterina II (1729-96), imperatriz da Rússia.

XV

— Então, do que mesmo eu estava falando? — prosseguiu ele, tentando se lembrar. — Pois eu sou assim! Sou caçador. Nenhum caçador do regimento se compara comigo. Posso encontrar qualquer bicho e qualquer ave e te indicar. Sei de tudo, onde está e o que é. Tenho dois cães e duas espingardas, tenho redes, uma égua[24] e um gavião; tenho de tudo, graças a Deus. Se você é um caçador de fato e não por gabação, indico-te tudo. Eu sou assim: se encontro o rastro do bicho, já o conheço, sei onde ele se deita, onde vai beber água ou rolar na lama, arrumo um lugar para me sentar e fico espreitando à noite. Qual é vantagem de ficar em casa? A gente só peca e enche a cara. E ainda vêm as mulheres com sua tagarelice; os moleques gritando e o gás carbônico, que pode te intoxicar. Outra coisa é quando você sai de madrugada, escolhe um lugar, senta-se e fica aguardando. Sabe tudo o que acontece na floresta. Olha pro céu, para as estrelas se movendo e por elas calcula o tempo. Olha em volta, a floresta se mexe e você espera logo, logo ouvir os estalos, virá o javali tomar seu banho de lama. Ouve o piar dos filhotes de águia, o cantar dos galos,

---

24 N.O.: Uma espécie de escudo com imagem de cavalo pintado nele, atrás do qual o caçador se esconde para se aproximar da caça e acuá-la à cilada.

o grasnar dos gansos. Se forem os gansos, significa que ainda não é meia-noite. Sei de tudo isso. E quando longe soa um tiro, vêm os pensamentos. "Quem atirou? Seria um cossaco, assim como eu, que chegou a ver o bicho? Será que acertou, ou só machucou e o coitado irá pelo juncal, derramando sangue à toa? Não gosto disso! Oh, como não gosto! Para que machucou o bicho? Seu idiota! Idiota!" Ou penso, às vezes: "Talvez um abreque tenha matado um moleque cossaco, um bobinho qualquer?" São essas coisas que te ocorrem. Uma vez estava sentado perto do rio e vi um berço flutuando. Inteiro, somente uma borda estava quebrada. Aí vieram os pensamentos: "de quem será o berço?" Pensei que tinham sido os bestas de seus soldados, que entraram na aldeia, pegaram as tchetchenas e um desses diabos matou o bebê! Pegou-o pelas perninhas e bateu-o contra um canto. Já não fizeram isso? Ah, que gente desalmada! E fiquei imaginando: jogaram fora o berço, levaram a mãe, queimaram a casa. E o ginete pegou a espingarda e veio pilhar aqui no nosso lado.

— Mas quando ouço uma manada passar pelo abrunheiro, alguma coisa começa a pulsar dentro de mim. Venham, queridos! Eles chegam, cheiram-me e eu nem respiro, mas o coração: tum, tum, tum! Dá vontade de pular! Nessa primavera chegou uma manada braba. "Em nome do Pai, do Filho..." Eu já ia atirar. Mas a porca deu um tamanho grunhido pros filhotes: "Perigo, filhos! É um homem!" que eles deram no pé em debandada pelos arbustos. Que raiva!

— E como é que a porca pôde dizer para os filhotes que era um homem? — perguntou Olénin.

— E você acha que o bicho é bobo? Não, ele é mais inteligente do que o homem, apesar de ser chamado porco. Veja, por exemplo: o homem passa pelo rastro sem notá-lo, mas a porca percebe seu rastro e se manda do local. Quer dizer que tem inteligência, sabe que você não sente seu próprio cheiro, mas ela sente. E outra: você quer matá-la, mas ela quer passear viva pela floresta. Você tem sua lei, a porca, a dela. E não é pior do que você; também é criatura de Deus. Ah, como o homem é tolo, tolo e mais uma vez tolo! — repetiu o velho, abaixou a cabeça e ficou pensativo.

Olénin também se pôs a refletir, desceu da soleira e começou a andar pelo pátio com as mãos nas costas.

Ao levantar a cabeça, Ierochka prestou atenção nas mariposas que voavam sobre a chama agitada da vela e acabavam caindo nela.

— Sua burra, burra! — dizia ele. — Onde vai? Sua burra!

Ele soergueu-se e com os dedos grossos começou a afugentar as mariposas.

— Vai se queimar, burrinha, voe pra lá, tem espaço suficiente — repetia ele com voz suave, tentando pegá-las pelas asas com cuidado e depois soltar.

— Está se matando, mas eu tenho pena de você.

O velho ficou sentado por muito tempo, tagarelando e tomando vinho do gargalo. Olénin andava para cá e para lá pelo pátio. De repente, um sussurro atrás do portão surpreendeu-o. Instintivamente ele prendeu a respiração e ouviu um riso feminino, uma voz masculina e o som de um beijo. Ele caminhou para o lado oposto do pátio, fazendo a grama farfalhar sob seus pés de propósito. Mas logo ouviu o portão se fechar. Um homem de casaco escuro e gorro branco (era Lukachka) estava indo embora, ao longo da cerca, e a mulher alta de lenço branco atravessou o pátio passando por Olénin. "Não quero saber de você e você não tem nada a ver comigo" – parecia dizer o andar firme de Mariana. Ele a acompanhou com o olhar até a soleira da casa dos senhorios e até viu pela janela como ela tirou o lenço e sentou-se no banco.

E, de repente, um triste sentimento de solidão, esperanças, desejos vagos e inveja, não se sabe de quê nem de quem, tomaram conta do jovem Olénin.

Apagaram-se as últimas luzes nas casas. Silenciaram-se os últimos sons na povoação. As cercas, o gado nos estábulos, os telhados das casas e os esbeltos álamos piramidais – tudo mergulhou num sono sadio e tranquilo após um dia de trabalho. Apenas o incessante coaxar de rãs chegava de longe ao ouvido apurado. No oriente, as estrelas começaram a rarear e se tornar imprecisas na luz que aumentava, mas sobre a cabeça eram mais fundas e numerosas. O velho cochilava com a cabeça apoiada na mão. Na casa em frente, cantou um galo. Olénin continuava andando, pensativo. O som de uma canção alegre a várias vozes chegou a seus ouvidos; ele foi até a cerca e ficou prestando atenção. Das vozes jovens destacava-se uma mais forte.

— Sabe quem está cantando? — perguntou o velho ao acordar. — É Lukachka, o ginete. Matou um tchetcheno e fica festejando. Festejando o que, o idiota? Idiota!

— E você, já matou gente? — perguntou Olénin.

— Diacho! — gritou o velho. — Por que pergunta? Não tem por que falar disso! É muito difícil tirar a vida de uma pessoa. Oh, como é difícil! Adeus, meu amigo, estou satisfeito e ébrio — disse ele se levantando. — Vamos caçar amanhã?

— Vamos.

— Vê lá, acorde cedo, senão paga multa.

— Não se preocupe, vou acordar antes de você — respondeu Olénin.

O velho foi embora. A canção terminou. Pouco depois entoou-se outra de um lugar mais longe e a voz alta de Ierochka juntou-se às anteriores. "Que gente! Que vida!", pensou Olénin, suspirou e voltou para casa.

XVI

Ierochka era um cossaco reformado e solitário; não tinha filhos e, havia uns vinte anos, sua mulher convertera-se à religião ortodoxa, fugira dele e casara-se com um suboficial russo. O que ele contava sobre sua juventude não era exagero. Não se gabava quando dizia que era o melhor rapaz do povoado. Todos do regimento o conheciam como um bravo cossaco de outrora. Não foram poucos os tchetchenos e russos mortos por ele. Costumava fazer incursões nas montanhas, roubava os russos também, esteve encarcerado duas vezes. Passava a maior parte de sua vida caçando na floresta, onde se alimentava apenas com um pedaço de pão durante dias e não bebia nada além de água. Em compensação, farreava de manhã até a noite quando chegava à povoação.

Ao voltar da casa de Olénin, dormiu umas duas horas e antes do amanhecer acordou e ficou na cama refletindo sobre o homem que conhecera no dia anterior. Ele gostou da simplicidade de Olénin (simplicidade no sentido de ter sido bem servido com o vinho). Gostou do próprio Olénin também. Estranhava o fato de todos os russos serem simples e ricos e, sem saber de nada, serem cultos. Ponderava consigo mesmo essas e outras questões que gostaria de perguntar a Olénin.

A casa do tio Ierochka era espaçosa e não era velha, mas era notável a ausência de uma dona de casa. Contrariando o hábito cossaco de cuidar da limpeza da casa, a sala estava cheia de sujeira e em completa desordem. Na mesa, havia um *kaftan* ensanguentado, metade de uma panqueca e, ao lado dela, uma gralha depenada e estraçalhada – comida do gavião. Pelos bancos, estavam espalhados sandálias de couro cru, uma espingarda, um punhal, um saquinho, roupa e panos. Num dos cantos, um fuzil, égua e um barrilete com outros sapatos de molho em água suja e fedorenta. No chão, estavam uma rede e alguns faisões mortos e em volta da mesa andava uma galinha com uma pata presa por uma corda. No fogão da lareira não aquecida, havia uma vasilha cheia de um líquido leitoso. No leito da lareira, piava um filhote de gavião que tentava se livrar da corda, e o gavião desbotado estava quieto na beirada, olhando de esguelha para a galinha, e de vez em quando virava a cabeça da direita para a esquerda.

O tio Ierochka estava deitado de costas numa cama curta entre a parede e a lareira, com as pernas apoiadas na lareira, e tirava crostas de sangue das mãos todas arranhadas pelo gavião, que ele costumava levar sem luva. A casa toda tinha aquele cheiro mesclado e forte, mas não desagradável, que sempre acompanhava o velho.

— Ô, tio! Está em casa? — ouviu ele pela janela a voz sonora do seu vizinho Lukachka.

— Estou sim! Entre! — gritou o velho. — Entre, vizinho! Por que veio ao tio, Luká Marka? Está indo para a barreira?

Com o grito do patrão o gavião agitou-se e bateu as asas, querendo se soltar da corda.

O velho gostava de Lukachka, o único isento do desprezo que sentia por toda a geração de jovens cossacos. Além disso,

Lukachka e sua mãe, como bons vizinhos, frequentemente traziam-lhe vinho, *kaimak* e outras coisas caseiras que Ierochka nunca tinha.

Ierochka, que vivia tomado de entusiasmo, sempre tinha uma explicação prática para seus impulsos: eu lhes trago um faisão da caça e eles não se esquecem de mim: trazem-me pastel, panquecas, vez ou outra...

— Como vai, Marka? Fico contente em te ver! — gritou o velho. Rapidamente, pôs seus pés descalços no chão, deu dois passos pelas tábuas rangentes, olhou para os pés virados para fora e os achou engraçados: riu, bateu com o calcanhar e bateu mais uma vez dando uns pulinhos. — Que tal? — perguntou ele, olhando para Lukachka com brilho nos olhos. Lukachka só deu um risinho. — Vai para a barreira?

— Trouxe o mosto prometido para você.

— Deus te pague — disse ele. Levantou-se do chão e vestiu pantalonas de linho, cingiu-as, de uma vasilha jogou água nas mãos, esfregou-as, enxugou nas pantalonas, ajeitou sua barba com um pedaço de pente e se pôs na frente de Lukachka.

— Estou pronto! — disse ele.

Lukachka pegou um copo, encheu-o e ofereceu para o velho.

— À tua saúde, em nome do Pai e do Filho! — disse o velho, pegando o copo solenemente. — Que se cumpra o que deseja, que desempenhe bem o serviço e que receba a cruz de condecoração!

Lukachka também fez um brinde, tomou uns goles e pôs o copo na mesa. O velho levantou-se, trouxe peixe seco e, num degrau, bateu-o com um pedaço de madeira para que ficasse mais mole e serviu-o num prato azul, o único que tinha.

— Também tenho o que servir, graças a Deus — disse ele com orgulho. — E como vai Móssev?

Lukachka contou-lhe que o sargento tomara sua espingarda e queria saber a opinião do tio.

— Esqueça a espingarda — disse o velho. — Se não ceder, não vai receber a condecoração.

— Que condecoração, para um menor[25], tio? Mas a espingarda é boa, da Crimeia, custa oitenta moedas.

— Deixe pra lá! Uma vez discuti com meu comandante, que queria que eu lhe desse meu cavalo. "Dê para mim", disse, "vou lhe promover a sargento". Não dei e não fui promovido.

— Mas, tio, eu preciso comprar um cavalo! E dizem que para lá do rio por menos de cinquenta não dá.

— Ah! Nós nos virávamos — disse o velho. — O tio Ierochka, na tua idade, já roubava cavalhadas inteiras dos nogaios e as levava pra lá do Térek. Por vezes, trocava um cavalo por uma garrafa de vodca ou por uma *burka*.

— Por que tão barato? — perguntou Lukachka.

— Você é tolo, Marka! A gente rouba para não ser avarento. Acho que vocês nem viram como se rouba cavalos. Por que está calado?

— Não há o que falar. Não somos como vocês.

— Seu tolo! Não somos como vocês! — respondeu o velho arremedando Lukachka. — Na sua idade eu não era como você.

— Era como?

---

25 N. de L. N. Tolstói: Cossaco que ainda não entrou no serviço equestre.

— O tio Ierochka era *simples*, não poupava nada. Em compensação, os tchetchenos todos eram meus amigos. Quando vinham à minha casa, eu lhes dava vodca, deixava-os pernoitar e, quando eu ia lá, sempre levava presentes. É assim que a gente fazia e não como agora. A única diversão dos rapazes é cuspir cascas de sementes de girassol — concluiu o velho em tom de desprezo e mostrou como cospem a casca os cossacos de hoje.

— Sei, é assim mesmo! — concordou Lukachka.

— Se quiser ser um bravo rapaz, seja ginete e não mujique. O mujique também pode comprar cavalos, é só desembolsar um dinheiro e levá-los.

Por alguns minutos o dois ficaram calados.

— Mas é um tédio, tio, tanto na povoação, quanto na barreira. E não há para onde ir para ficar à vontade. O povo é tímido. Nazar, por exemplo. Outro dia estivemos na aldeia. Guirei-khan propôs ir buscar cavalos em Nogan, mas ninguém quis. Ir sozinho? Como?

— E o tio, para que serve? Acha que estou acabado? Não, não estou! Arranje um cavalo que vou já a Nogan.

— Não é isso, tio! — disse Luká. — Diga como agir com Guirei-khan. Ele disse que basta levar o cavalo até o Térek, mesmo se for uma manada de cavalos, o lugar ele encontra. Mas ele também é cabeça rapada[26], difícil confiar nele.

— Em Guirei-khan você pode confiar, toda a família dele é gente boa. Seu pai era um amigo fiel. Mas ouça o tio, não vou te ensinar coisas más: mande ele fazer um juramento, aí vai dar tudo certo. E, se viajar com ele, mantenha a pistola de

---

26 N.T.: Recém saído da penitenciária. Antigamente o cabelo dos presos era rapado.

prontidão. Principalmente na hora de repartir os cavalos. Uma vez um tchetcheno por pouco não me matou – eu lhe pedi dez moedas por cada cavalo. Confiar, confie, mas não durma sem a espingarda do lado.

Lukachka ouvia o velho atentamente.

— Ô, tio, dizem que você tem uma erva rompe-tudo.

— Não, erva eu não tenho, mas que seja, vou lhe ensinar uma coisa, você é bom rapaz, não esquece do velho. Quer que eu te ensine?

— Ensine, tio.

— Conhece a tartaruga? Ela é uma diaba.

— É claro que conheço!

— Encontre o seu ninho, faça uma cerca trançada em volta, para que não possa entrar. Quando ela chegar, vai rondar um tempinho e logo irá embora. Voltará com a erva rompe-tudo e vai destruir a cerca. Corra para lá na manhã seguinte e olhe: lá onde a cerca está cortada, está a erva-rompe tudo. Pegue-a e leve para onde quiser. Não haverá cadeado nem muro que te prenda.

— E você testou, por acaso?

— Não, não testei, mas foi gente boa quem me contou. Só sei uma simpatia, um abracadabra que falo toda vez que monto o cavalo. Ninguém me matou.

Lukachka riu.

— Mas será que foi por isso que não te mataram?

— Como vocês são inteligentes! É melhor você aprender e ler. Não vai fazer mal nenhum — disse o velho e riu também. — Mas não vá a Nogan, Luká, não vá.

— Por quê?

— Os tempos mudaram e vocês mudaram, são uma porcaria de cossacos. E ainda vieram tantos russos para cá! Pode parar na cadeia. Esqueça disso. Não é para vocês! Mas nós, outrora, eu e Guírtchik...

E o velho ia contar suas historias intermináveis, mas Lukachka olhou para a janela.

— Já clareou, tio. Está na hora. Venha nos ver.

— Vá com Deus, e eu vou à casa do militar, prometi levá-lo à caça, parece ser boa gente.

XVII

Ao se despedir de Ierochka, Luká passou em sua casa. Uma neblina densa levantou-se da terra e envolveu a povoação. O gado, ainda nos estábulos, começava a se mexer. Ao cantar de um galo respondia o outro. O ar tornava-se transparente, o povo acordava. Lukachka enxergou a cerca de sua casa, umedecida pela neblina, o portão aberto e a soleira. No pátio, ouvia-se o bater do machado. Ele entrou na casa. Sua mãe estava na frente do forno jogando lenha nele. Sua irmãzinha ainda dormia na cama.

— E aí? Farreou bastante? — perguntou ela em voz baixa. — Onde passou a noite?

— Na povoação — respondeu o filho a contragosto, tirando a espingarda da capa e examinando-a. Pegou o saquinho com a pólvora, as cápsulas vazias e, após carregá-las, tampava-as cuidadosamente com balas e guardava na mochila.

— Mamãe, eu não disse para você consertar as cevadeiras? Consertou?

— Ora! Ontem a mudinha ficou consertando alguma coisa. Já é hora de ir para barreira? Nem vi você ainda.

— Logo que aprontar tudo, tenho de ir. E a mudinha, onde está? Saiu?

— Deve estar no pátio, cortando a lenha. Afligia-se por você. Achava que não ia te ver mais. Apontava para o rosto, estalava os dedos e apertava-os contra o coração: isto é, tem pena de você. Quer que a chame? Ela entendeu tudo sobre o abreque.

— Chame — disse Lukachka — e traga a banha que deixei lá, preciso untar o sabre.

A velha saiu e dentro de alguns minutos, pela escada rangente, veio a irmã muda de Lukachka. Era seis anos mais velha que ele e seria muito parecida com o irmão, não fosse a expressão grosseira que muda bruscamente, o que é comum aos surdos-mudos. Vestia uma camisa de tecido grosso toda remendada, descalça e com os pés sujos. No pescoço, nos braços e no rosto tinha veias aparentes, como nos homens. Via-se por tudo que o pesado trabalho masculino cabia a ela. Entrou com uma braçada de lenha e colocou-a no chão, perto do forno. Depois, aproximou-se do irmão com um sorriso feliz que enrugou seu rosto, tocou os ombros dele e começou a lhe fazer sinais rápidos com as mãos, o rosto e o corpo inteiro.

— Muito bem! Muito bem! Bravo Stepka! — respondia o irmão, acenando com a cabeça. — Preparou tudo, consertou, muito bem! Eis um doce para você! — Tirou do bolso dois pães de mel e lhe deu.

O rosto da mudinha enrubesceu, e ela bramiu de felicidade. Ao pegar os pães, ela começou a fazer sinais mais rapidamente apontando para um lado, e passava o dedo nas suas sobrancelhas e no rosto. Lukachka a entendia, acenava com a cabeça, sorrindo levemente. A irmã dizia que as raparigas gostavam dele e que uma, a melhor de todas, também o amava. Para dar a entender que referia-se a Marianka, ela apontava para o lado da casa dela, para suas sobrancelhas e o rosto, estalava os lábios e balançava a cabeça. "Ama!" – mostrava ela, apertando uma mão contra o peito e beijava a outra como que abraçando a algo. A mãe voltou e, ao entender o que dizia a filha, sorriu. A mudinha mostrou-lhe os pães de mel e bramiu novamente.

— Eu disse a Ulita que mandaria casamenteiros, ela recebeu bem as minhas palavras.

Lukachka, calado, só olhou para a mãe.

— Bem, mamãe, tenho de levar o vinho. Preciso de um cavalo.

— Levarei quando tiver tempo — disse a mãe que, pelo visto, não queria que o filho se intrometesse nos assuntos domésticos. — Quando for, pegue um saquinho perto da porta. Pedi emprestado para você levar à barreira. Ou quer que eu ponha na mochila?

— Está bem — respondeu Lukachka. — E se Guirei-khan aparecer, diga que vá à barreira, não vão me deixar sair de lá tão cedo. Tenho um assunto a tratar com ele.

— Direi, Lukacha, direi... Farrearam na casa da Iamka, não foi? Quando levantei para ver os animais, ouvi tua voz cantando.

Lukachka não respondeu, pôs as mochilas no ombro, arregaçou o *kaftan*, pegou a espingarda e parou na portão.

— Adeus, mamãe — disse ele, fechando o portão. — Mande o barrilzinho com Nazarka, ele vai passar aqui. Prometi o vinho pros rapazes.

— Vá com Deus, Lukacha. Mandarei, do barril novo, mandarei — disse a velha, chegando ao portão. — E escute — acrescentou ela —, você se divertiu aqui e dê graças a Deus.

É claro, um jovem tem que se divertir. Mas lá, filho, vê se não... tome cuidado. E, antes de mais nada, agrade os chefes, senão, não dá! E eu, vendendo o vinho, arrumo dinheiro para comprar um cavalo e arranjo o casamento.

— Está bem, está bem — respondeu o filho com ar sombrio.

A mudinha soltou a voz para chamar sua atenção, mostrou a cabeça e a mão, o que significava: cabeça raspada, tchetcheno. Depois carregou o cenho, imitou o gesto de apontar arma, deu um grito e cantou balançando a cabeça, querendo pedir que Lukachka matasse mais um tchetcheno.

Lukachka deu um risinho e com passo rápido e leve, com a espingarda nas costas debaixo da *burka*, desapareceu na neblina.

A velha ficou por um tempo parada no portão e voltou a seus afazeres.

XVIII

Lukachka se dirigiu à barreira, o tio Ierochka chamou os cães com um assobio e, pulando a cerca, foi pelos fundos até a casa de Olénin (não gostava de encontrar mulheres no caminho quando ia caçar). Olénin estava dormindo e até Vaniucha, apesar de ter acordado, não saía da cama, pensando se era ou não hora de levantar, quando o tio Ierochka, com a espingarda nas costas e todo o fardamento de caçador, abriu a porta.

— Alarme! — gritou ele com sua voz densa. — Tchetchenos chegando! Ivan! Prepare o samovar! Depressa! — gritava o velho. — Aqui é assim, boa gente. Até as raparigas já se levantaram. Olhe pela janela, uma já está indo buscar água e você dorme.

Olénin pulou da cama e sentiu uma alegria em ver e ouvir o velho.

— Depressa! Depressa, Vaniucha! — gritou ele.

— É assim que você vai à caça? Todo mundo já desjejua e você dorme. Liam, onde vai? — gritou ele ao cão. — A espingarda está pronta? — continuava gritando o velho, como se a casa estivesse cheia de gente.

— Bem, a falta é minha, não há como negar. Vaniucha! A pólvora! As buchas! — dizia Olénin.

— Multa! — gritou o velho.

— *Voulez vous du thé?*[27] — perguntou Vaniucha sorrindo.

— Você não é dos nossos! Não fala como a gente, diacho! — gritou o velho mostrando o resto de seus dentes.

— A primeira falta não se leva em conta — brincou Olénin calçando as botas.

— A primeira, sim — respondeu Ierochka —, mas se perder a hora outra vez, pagará multa de um balde de mosto. Quando o tempo esquentar, não encontraremos mais o cervo.

— Mesmo se encontrarmos, ele é mais inteligente do que nós — repetiu Olénin as palavras do velho ditas à noite. — Não há como enganá-lo.

— Tente matá-lo primeiro, depois graceje. Bem, vamos ser rápidos! Olhe, vem vindo o dono da casa — disse Ierochka olhando pela janela. — E como se vestiu! Está de *kaftan* novo, para que você veja que ele é oficial. Ah, essa gente!

De fato, entrou Vaniucha e disse que o senhorio desejava vê-lo.

— *L'argent*[28] — disse ele em tom significativo, avisando o patrão do motivo da visita. Em seguida, o próprio sargento de casaco circassiano com dragonas de oficial nos ombros, botas lustradas, o que é raro entre os cossacos, e com um sorriso no rosto entrou bamboleando na sala e deu boas vindas.

O sargento Iliá Vassílievtch era um cossaco culto, tinha estado na Rússia, era professor escolar e, o principal, nobre. Ele queria parecer nobre; mas por trás das maneiras exagera-

---

27 N.O.: Do francês: Deseja tomar chá?
28 N.O.: Do francês: Dinheiro.

das e deturpadas do polimento artificial, a autossuficiência e a linguagem horrível, percebia-se um tio Ierochka. Isso se via também pelo rosto bronzeado e o nariz avermelhado.

Olénin convidou-o a se sentar.

— Bom dia, Iliá Vassílievitch! — disse Ierochka, levantando-se e fazendo uma reverência profunda, um tanto irônica, como pareceu a Olénin.

— Bom dia, tio! Já por aqui? — respondeu o sargento com um indolente aceno de cabeça.

O sargento, homem de uns quarenta anos, tinha uma barbicha cuneiforme encanecida, era enxuto, fino, bonito e ainda jovem para seus quarenta anos. Provavelmente tinha receio de ser tomado por um cossaco ordinário e queria logo dar a entender sua significância.

— É o nosso *Nimvrod* egípcio[29] — disse ele a Olénin com um sorriso de satisfação consigo mesmo, apontando para o velho. — Caçador perante o Senhor. Já o conhece? O melhor faz-tudo.

Tio Ierochka olhava pensativo para seus pés de sandálias encharcadas e balançava a cabeça como que admirando a esperteza e a sabedoria do sargento e repetia baixinho: "Nimrod *jípcio*!" Inventa cada coisa!

— Pretendemos ir à caça — disse Olénin.

— Entendi. E eu tenho um assunto a tratar com o senhor.

— O que deseja?

— Como o senhor é uma pessoa nobre — começou o sargento — e, como eu me entendo, nós também temos a

---

29 N.T.: Na mitologia do Velho Testamento, caçador e atleta, neto de Cam (ou Cã); o provérbio do primeiro livro da Torá diz: "caçador forte como Nimrod perante o Senhor".

patente de oficial e por isso, aos poucos, podemos chegar a um acordo como todas as pessoas nobres. (Ele fez uma pausa, olhou com um sorriso para o velho e Olénin.) Mas se o senhor tiver a vontade, com o meu consentimento, porque a minha mulher é uma mulher tola na nossa classe e atualmente não pôde entender completamente as palavras do senhor na data de ontem. Por isso o alojamento para o ajudante de campo do regimento, sem a estrebaria, poderia custar seis moedas e se for de graça, eu, como pessoa nobre, sempre posso afastar de mim. Mas se o senhor desejar, eu, também sendo oficial, posso concordar com o senhor pessoalmente e como morador desta terra, não que seja segundo os nossos hábitos, mas em tudo posso observar as condições...

— Fala bonito — murmurou o velho.

O sargento continuou falando daquela forma por muito tempo. Olénin, não sem dificuldade, conseguiu entender que o sargento queria cobrar-lhe seis rublos de prata pela casa, concordou sem objeções e ofereceu chá à visita. O sargento recusou.

— De acordo com nosso costume tolo, consideramos pecado usar copos dos leigos. Se bem que, segundo a minha educação, eu possa compreender, mas a minha mulher, pela fraqueza humana...

— Bem, podemos lhe servir o chá?

— Se permitir, trarei meu copo, *o especial* — respondeu o sargento e saiu na soleira. — Traga-me o copo! — gritou ele.

Alguns minutos depois a porta entreabriu-se e apareceu um braço bronzeado com manga cor-de-rosa, estendendo o copo. O sargento pegou o copo e cochichou com a filha. Olénin serviu-lhe o chá no copo especial e a Ierochka, no copo leigo.

— Porém, não quero segurar vocês — disse o dono da casa, esvaziando o copo e queimando a boca com o chá. — Eu também tenho um forte gosto pela pesca e estou na povoação só por uns dias, como que de recreio. Também tenho vontade de experimentar a felicidade, quem sabe caberão a mim as dádivas do Térek. Espero que um dia me façam visita para tomar o *paternal* à maneira de nossa povoação — acrescentou ele.

O sargento despediu-se, apertou a mão de Olénin e saiu. Enquanto Olénin se aprontava, ouvia a voz do sargento dando ordens a seus familiares. E, passados alguns minutos, viu o sargento caminhar perto da janela, de calças arregaçadas até o joelho, de casaco esfarrapado, com a rede nas costas.

— Que farsante — disse o tio Ierochka, que tomava seu chá do copo leigo. — Será que vai mesmo pagar essas seis moedas? Onde já se viu uma coisa dessas? Pela melhor casa da povoação cobrariam duas. Dou-lhe a minha por três!

— Não, vou ficar por aqui — disse Olénin.

— Mas seis moedas! Vai ver que é dinheiro fácil. Ora! Ivan, traga o mosto!

Às sete e pouco, depois de comer um bocadinho e tomar vodca, os dois saíram para a rua.

No portão, eles se encontraram com uma carroça atrelada a dois bois que Marianka puxava pela corda amarrada nos cornos. Estava com um casaco por cima da camisa, botas altas, lenço na cabeça até os olhos e de vara na mão.

— Mamuchka! — disse o velho e fez um gesto como que quisesse pegá-la. Mariana brandiu a vara contra ele e sorrindo levantou para os dois seus lindos olhos.

Olénin ficou mais alegre ainda.

— Bem, vamos, vamos! — disse ele, jogando a espingarda no ombro e sentindo o olhar da rapariga.

— Arre! Arre! — ouviu ele, atrás de si, a voz de Mariana e em seguida o ranger da carroça.

Enquanto eles caminhavam pelos fundos das casas e pelos pastos, Ierochka conversava. O sargento não saía de sua cabeça e ele não parava de xingá-lo.

— Mas porque está tão bravo com ele? — perguntou Olénin.

— É avarento! Detesto isso — respondeu o velho. — Quando morrer, tudo vai ficar. Para quem está juntando? Construiu duas casas. Arrebatou do irmão mais um pomar. E nos negócios de papelada é um cão! Vem gente de outras povoações pedindo para escrever papéis. E sai assim como ele escreve. Tudo dá certo. Mas juntar para quem? Só tem um moleque e uma rapariga. Ela casará e não haverá para quem mais.

— Pois está juntando para o dote — disse Olénin.

— Que dote? Casará mesmo sem dote. A rapariga por si já é invejável. E o diacho ainda quer casá-la com um rico. Para pegar um bom resgate. Luká, meu vizinho e sobrinho, é um bravo rapaz, aquele que matou um tchetcheno, faz tempo que a pede em casamento, e o pai recusa. Inventa umas e outras, diz que é muito jovem ainda. Mas eu sei o que ele está pensando. Quer que se humilhem diante dele. Alguns já foram tão desonrados por causa dessa rapariga! Mas mesmo assim, ela vai casar com Lukachka. Porque é o melhor cossaco da povoação, ginete, matou um abreque, ganhará a cruz.

— Ontem, quando andava pelo pátio, vi a filha do senhorio beijando-se com um cossaco — disse Olénin.

— Mentira! — gritou o velho, parando.

— Juro por Deus!
— Que diaba de mulher — disse Ierochka, meditando.
— E como era o cossaco?
— Não vi.
— Bem, de que pele era o topo do gorro?
— Branca.
— E o *kaftan* vermelho? É do seu tamanho?
— Não, maior.
— É ele mesmo. — Ierochka caiu na gargalhada. — É ele mesmo, meu Marka. Lukachka. Chamo-o de Marka, brincando. Gosto dele! Eu também era assim. E por que ficar só olhando para elas? A minha queridinha costumava dormir na parte de cima, no quarto da mãe ou da cunhada. E mesmo assim eu entrava. A bruxa da mãe dela me odiava. Eu chegava lá com Guirtchik, amigo meu. Subia em seus ombros, levantava a janela. Procurava tateando. Uma vez acordou assustada: "Ai, Ai!" Não me reconheceu. "Quem é?" Eu não podia falar. Sua mãe já começou a se mexer. Tirei o gorro, meti na sua cara, aí, pela costura que havia no gorro, ela me reconheceu e logo desceu. Eu não passava nenhuma vontade. Ela me trazia um monte de *kaimak*, de uva, de tudo. E não só ela. Era uma boa vida.

— E como é agora?
— Agora vamos seguir o cachorro, fazer o faisão pousar numa árvore e aí podemos atirar.
— Você arrastaria a asa para Marianka?
— Olhe para os cachorros. À noite eu conto — disse o velho apontando para Liam, seu predileto.

Os dois ficaram calados.

Uns cem passos depois, o velho parou e apontou para uma vara deitada de través no caminho.

— O que acha que é? Pensa que é à toa? Não, essa vara está mal colocada.

— Por que mal colocada?

O velho deu um risinho.

— Você não sabe de nada. Escute o que eu vou lhe dizer. Quando uma vara está assim, não passe por cima dela. Ou contorne-a ou tire-a do caminho, assim, e faça uma oração: "Em nome do Pai, do Filho e do Espírito Santo", e vá com Deus. Não vai acontecer nada. Assim também me ensinaram os velhos.

— Mas que besteira! — disse Olénin. — É melhor você me contar da Marianka. Ela namora Lukachka?

— Psiu! Agora fique quieto — disse o velho, sussurrando. — Somente escute. Vamos entrar na floresta.

Pisando silenciosamente com suas sandálias, o velho seguiu em frente por uma vereda estreita que entrava na floresta cerrada. Por diversas vezes, fazia caretas para Olénin, que batia com suas botas e esbarrava nos ramos das árvores com a espingarda, que portava sem nenhum cuidado.

— Não faça barulho, soldado! — sussurrava-lhe o velho em tom zangado.

Pelo ar, sentia-se que o sol já havia saído. A neblina dispersava-se, mas ainda cobria os cumes das árvores. Elas pareciam ser muito altas. A cada passo, o local mudava de aspecto. Aquilo que parecia ser árvore virava arbusto ou junco.

XIX

A neblina subia, descobria os telhados de junco, transformava-se em rocio e umedecia o caminho e o mato perto das cercas. Todas as chaminés soltavam fumaça, o povo saía da povoação, uns iam trabalhar ou pescar, outros dirigiam-se à barreira. Os caçadores iam pelo caminho coberto de relva. Os cães corriam ao lado, abanando o rabo. Miríades de mosquitos voavam no ar perseguindo os caçadores e grudavam em suas costas, braços e rostos. Cheirava a relva e a umidade florestal. Olénin não parava de olhar para trás, para Mariana, que, sentada na carroça, aguilhoava os bois com a vara.

Tudo estava em silêncio. Os sons da povoação já não chegavam até os caçadores, somente os cães faziam crepitar os arbustos e os pássaros chamavam um ao outro de vez em quando. Olénin sabia que era perigoso andar pela floresta, que os abreques se escondiam nesses lugares. Sabia também que na floresta a espingarda era uma boa defesa. Não é que tivesse medo, mas compreendia que alguém, em seu lugar, poderia tê-lo, e perscrutava a nebulosa e úmida floresta, escutava atentamente os sons fracos e raros, trocava a espingarda de uma mão para outra e experimentava uma sensação nova e agradável.

O tio Ierochka, que ia à frente, parava a cada poça de água, examinava atentamente as pegadas de animais que encontrava e as mostrava a Olénin. E quase não falava, só fazia raramente alguns comentários em sussurro. O caminho pelo qual eles iam antigamente era batido pelas carroças, e cobrira-se de relva havia muito tempo. A floresta de olmeiro e plátano era tão densa que não se via nada por entre as árvores. As videiras selvagens envolviam quase todas as árvores de baixo para cima. Entre as árvores crescia o escuro abrunheiro. As pequenas clareiras eram cobertas pela amora brava e pelo junco com suas flores penugentas. Em alguns lugares, as veredas, largas e estreitas, como túneis, saíam do caminho para o matagal. A opulência vegetal dessa floresta surpreendia Olénin a cada passo, ele nunca havia visto nada parecido. A floresta, o perigo, o velho com seu sussurro misterioso, Marianka com seu corpo esbelto e forte, as montanhas – tudo isso parecia a Olénin um sonho.

— Fiz um faisão pousar na árvore — sussurrou o velho, olhando para trás e cobrindo o rosto com o gorro. — Feche a cara, o faisão não gosta de caras humanas — disse ele e foi se arrastando quase de quatro. O velho parou perto da árvore e começou a examiná-la. O faisão cacarejou bravo para o cachorro, que começou a latir, e Olénin o viu. Nesse instante soou um tiro estrondoso, como de um canhão, o galo levantou voo e, perdendo penas, caiu na terra. Aproximando-se do velho, Olénin espantou um outro faisão. Apontou a espingarda para ele e atirou. O faisão subiu na vertical e, em seguida, esbarrando nos ramos, caiu no mato como uma pedra.

— Muito bem! — gritou o velho rindo. Ele não sabia acertar em pássaros voando.

Ao recolher os faisões, eles seguiram o caminho. Olénin, animado com o movimento e o elogio, puxou conversa com o velho.

— Espere! Vamos para este lado — interrompeu-o o velho. — Ontem vi pegadas de cervo por aqui.

Eles entraram no matagal e, uns trezentos passos depois, se viram numa clareira coberta de junco e, em alguns lugares, com poças d'água. Olénin caminhava mais devagar do que o velho caçador e o tio Ierochka, uns vinte passos à frente, inclinou-se e chamou-o com acenos da mão. Ao se aproximar, Olénin viu uma pegada de homem, para a qual o velho apontava.

— Está vendo?

— Estou. E daí? — disse Olénin, procurando falar calmamente. É uma pegada de homem. Em sua mente surgiram-lhe o *Pathfinder* de Cooper[30], os abreques e, vendo o ar misterioso do velho, não ousava perguntar e duvidava se o motivo desse ar era o perigo ou a caça.

— Não, essa pegada é minha — respondeu o velho e apontou para a relva, debaixo da qual havia uma pegada de animal quase imperceptível.

O velho foi em frente. Olénin não ficava para trás. A uns vinte passos, no matagal, eles deram com uma pereira frondosa. A terra debaixo da árvore era preta e nela havia excremento fresco de animal.

O lugar coberto com videira parecia um caramanchão fresco e aconchegante.

---

30 N.O.: *O rastreador*, de James Fenimore Cooper (1789-1851), escritor norte-americano.

— Ele esteve aqui de manhã — disse o velho e deu um suspiro. — Vai ver que sua guarida ficou úmida.

De repente, ouviu-se um forte estalido na floresta, a uns dez passos deles.

Ambos estremeceram, pegaram nas espingardas, mas não viram nada, só ouviam estalos de ramos secos, depois, por alguns instantes, o ruído do galope e dos estalos ficou surdo, afastando-se e espalhando-se pela floresta silenciosa. O coração de Olénin como que caiu a seus pés. Em vão, ele perscrutou o matagal, depois olhou para o velho. O tio Ierochka, com o gorro arriado, apertando a espingarda contra o peito, estava imóvel e boquiaberto, os dentes amarelos e gastos arreganhados demonstravam raiva, os olhos brilhavam.

— Era um galheiro — disse ele, jogou a espingarda no chão com força e desespero, agarrou sua barba grisalha e começou a puxá-la.

— Ele esteve aqui! Eu devia ter vindo pela vereda! Sou um idiota! Idiota! — repetia ele, puxando fortemente a barba. Algo parecia passar voando na neblina sobre a floresta. O ruído da corrida do cervo espantado ficava cada vez mais amplo e mais longe... Ao crepúsculo, os dois voltaram para casa. Olénin sentia-se cansado, faminto e bem disposto. O almoço estava pronto.

Satisfeito, alegre e aquecido pela bebida, saiu à soleira. Novamente, diante dos seus olhos estavam as montanhas iluminadas pelos raios do poente. Novamente, o velho contava suas histórias intermináveis sobre a caça, abreques, queridinhas e a vida de outrora sem preocupações e cheia de façanhas. Novamente, a linda Mariana passava pelo pátio. Debaixo da sua camisa delineava-se o forte corpo de donzela.

XX

No dia seguinte, Olénin foi sozinho para o mesmo lugar onde eles tinham espantado o cervo. Em lugar de sair pelo portão, ele pulou a cerca espinhenta dos fundos, como todos na povoação faziam. Mal teve tempo de tirar os espinhos que grudaram no seu casaco circassiano, seu cão, que corria na frente, espantou mais dois faisões. E bastava ele entrar no abrunheiro que os faisões começavam a levantar voo a cada passo. (O velho não havia lhe mostrado esse lugar, guardando-o para sua caça com a égua.) De doze tiros, Olénin acertou cinco, e se cansou tanto procurando pelas aves no abrunheiro que ficou banhado de suor. Ele chamou o cão, trocou o chumbo pelas balas, desarmou o gatilho e, espantando os mosquitos com as mangas do casaco, foi para o lugar do dia anterior. Porém, foi impossível segurar o cachorro que farejava faisões no próprio caminho e ele matou mais dois. Atrasando-se por isso, somente começou a reconhecer o caminho por volta de meio-dia.

O dia estava claro, calmo e quente. O frescor matinal evaporou-se até na floresta e nuvens de mosquitos literalmente cobriam seu rosto, costas e braços. O cachorro preto virou ruço: suas costas estavam cobertas de mosquitos. Com seu casaco, pelo qual atravessavam os ferrões, aconteceu o mesmo. Olénin estava prestes a fugir deles; achava que no verão era impossível viver até mesmo na povoação. Já ia voltar para casa, mas lembrou-se que outras pessoas conviviam com aquilo, resolveu aguentar e se entregar à mercê dos mosquitos. E, coisa curiosa, a sensação que teve até lhe agradou. E chegou a pensar que se não fosse essa atmosfera de mosquitos que o cercava de todos os lados, essa papa de mosquitos e suor que lambuzava seu rosto, quando nele passava a mão, e esse comichão inquietante no corpo inteiro, a floresta ia perder para ele sua característica e seu encanto. Essas miríades de insetos combinavam tão bem com a monstruosa exuberância da vegetação, com um sem-fim de bichos e aves que povoam a floresta, a folhagem verde-escura, o ar quente e aromático, os pequenos regos de água turva que vêm do Térek e se infiltram por toda parte e grugulejam em algum lugar debaixo da folhagem, que ficou-lhe agradável justamente aquilo que lhe parecera horrível e insuportável.

Ao contornar o lugar onde na véspera esteve o bicho e não achar nada, ele sentiu vontade de descansar. O sol estava bem em cima da floresta e batia nas suas costas e cabeça, quando ele saía numa clareira ou num caminho. O peso dos sete faisões dava-lhe dor nas costas. Ele achou as pegadas do cervo, seguiu-as, aproximou-se sorrateiramente do lugar, onde o animal estivera no dia anterior, e acomodou-se debaixo de um arbusto perto de sua guarida. Examinou as plantas em volta de si, o lugar com marcas de suor, o excremento, a marca dos joelhos, um pedaço de terra arrancado pelo animal e suas próprias pegadas. Sentia frescor e conforto; não pensava em nada e não tinha desejo nenhum. E, de repente, foi tomado por um sentimento gratuito de felicidade e amor a tudo, um sentimento tão estranho que persignou-se por hábito infantil e começou a agradecer a alguém. Ocorreu-lhe de repente com muita clareza: "Eis-me, Dmitri Olénin, uma criatura diferente dos outros: estou sozinho, deitado Deus sabe onde, no lugar onde vivia um cervo, um cervo velho e bonito, que nunca viu um ser humano, e onde nenhum ser humano esteve e nem imaginava estar. Aqui estou, em volta de mim há árvores, novas e velhas. Uma delas está coberta por ramos de videira; perto de mim mexem-se faisões e talvez sintam seus irmãos mortos". Ele apalpou seus faisões e passou a mão ensanguentada no casaco, para enxugá-la. "Talvez os chacais também sintam e, com caras descontentes, vão para outros lugares. Perto de mim, zunem mosquitos que ficam parados no ar e voam por entre as folhas que lhes parecem ilhas enormes. São um, dois, três, quatro, cem, mil, um milhão de mosquitos e todos eles zunem alguma coisa perto de mim por algum motivo e cada um deles também é um Dmítri Olénin diferente dos outros, como eu mesmo".

Ele imaginou claramente o que eles pensavam e o que zuniam: "Para cá, rapazes! Esse aqui pode ser comido!" E ficou claro também que ele não era um nobre russo coisa nenhuma, nem membro da sociedade moscovita, ou amigo e parente do fulano e do sicrano, mas apenas um simples mosquito, ou faisão, cervo, igual àqueles que habitavam em sua volta. "Vou viver, assim como eles, como o tio Ierochka, e vou morrer. Ele tem toda razão: só vai crescer relva".

"E o que tem que a relva cresça?", continuou ele pensando. "É preciso viver e é preciso ser feliz. Porque só desejo uma coisa – a felicidade. Tanto faz o que eu seja. Sou um bicho como todos, sobre o qual crescerá relva e nada mais, ou sou uma moldura na qual foi colocada uma parte da divindade única? Mesmo assim é preciso viver da melhor maneira possível. Mas como viver para se sentir feliz? E por que não estive feliz antes?" Ele começou a relembrar sua vida e ficou enojado consigo mesmo. Viu que egoísta exigente ele havia sido enquanto, no fundo, não precisara de nada.

E quando ele olhava em volta para as folhas transparentes, para o sol se pondo e para o céu claro, sentia-se feliz novamente. "Por que estou feliz e para que eu vivia antes?", pensava ele. "Era exigente comigo mesmo, imaginei coisas e não fiz nada, só passei vergonha e tive desgostos! E agora, assim, eu não preciso de nada para a felicidade!"

E de repente, como que uma nova luz abriu-se para ele. "A felicidade é viver para os outros", disse ele para si, "e isso está claro. O ser humano já nasce com a necessidade de se sentir feliz. Quer dizer que ela é legítima. Satisfaz-se egoisticamente, isto é, procurando riqueza, fama, conforto; mas as circunstâncias podem tornar impossível a satisfação desses desejos. Portanto, esses desejos é que são ilegítimos, e não a necessidade da felicidade. Quais são os desejos que sempre podem trazer a satisfação, apesar das condições externas? Quais? O amor e a abnegação!" Ele ficou tão feliz e emocionado ao abrir essa nova, como lhe parecia, verdade, que se levantou de um pulo na impaciência de achar alguém a quem pudesse se sacrificar, fazer o bem, amar. "Pois para mim mesmo eu não preciso de nada", continuava ele raciocinando, "por que não viver para os outros?" Ele pegou a espingarda e, com a intenção de voltar para a casa, ponderar tudo isso e achar a oportunidade de fazer o bem, saiu do matagal. Ao chegar à clareira, ele olhou ao redor: o sol já não se via mais por cima das árvores, o ar estava mais fresco e o local parecia desconhecido, totalmente diferente das cercanias da povoação. Tudo mudou de repente – o tempo e o ambiente da floresta: o céu encobria-se de nuvens, o vento rugia nos topos das árvores, em volta só se viam juncos e a floresta velha, quebrada. Ele chamou o cão que tinha se afastado correndo atrás de algum bicho e sua voz soou como num vazio. E de repente sentiu pavor. Lembrou-se dos abreques, dos contos sobre assassinatos e esperava que a qualquer instante e de qualquer arbusto fosse pular um tchetcheno e ele teria que defender sua vida ou morrer. Lembrou-se de Deus, de quem não se lembrava fazia muito tempo, pensou no seu futuro. E ao redor dele estava aquela natureza severa, funesta e selvagem. "E vale a pena viver para si", pensava ele, "se a qualquer momento pode-se morrer sem ter feito nada de bom e ainda de tal maneira que ninguém ficaria sabendo do seu fim?" Ele foi na direção que supôs ser a da povoação. Já não pensava mais em caça, sentia um tremendo cansaço e com pavor examinava cada arbusto e cada árvore, esperando ter que prestar contas à vida a qualquer instante. Depois de ter rodado bastante tempo, encontrou uma vala do rio com água fria e, para não vaguear mais, resolveu segui-la sem saber aonde ela o levaria. De repente, ouviu estalos de arbustos atrás de si. Estremeceu, pegou na espingarda e ficou envergonhado: era o cachorro que, ofegando, lançou-se à água e começou a bebê-la. Ele também bebeu junto ao cão e foi atrás do animal, esperando que ele o levasse à povoação. Mas, apesar da companhia do cachorro, tudo em volta parecia-lhe cada vez mais tenebroso. A floresta ficava mais escura e o vento mais forte nos topos das árvores quebradas. Uns pássaros grandes sobrevoavam, com gritos, seus ninhos naquelas árvores. A vegetação tornava-se mais pobre, a maior parte dela era junco sussurrante, havia clareiras arenosas com muitas pegadas de bichos. Ao rugido do vento juntou-se outro ruído, monótono e triste. O estado de espírito de Olénin era sombrio. Ele apalpou os faisões pendurados nas costas e não encontrou um deles, que se arrancara e se perdera. Atrás do cinto sobraram apenas seu pescoço e a cabecinha.

Olénin ficou aterrorizado como nunca. Começou a rezar e tinha medo só de uma coisa – morrer sem ter feito alguma coisa boa, tamanha era sua vontade de viver, viver para realizar uma proeza de abnegação.

XXI

De súbito, o sol brilhou em sua alma – ele ouviu os sons da língua russa, da correnteza do rio e, dois passos à frente, abriu-se diante dele a superfície flutuante das águas marrons do Térek, areia parda nas margens e nos bancos do rio, a estepe até o horizonte, o mirante da barreira destacando-se sobre as águas, um cavalo selado no abrunheiro que vagueava preso a uma peia e as montanhas. O sol vermelho saiu por um instante de trás da nuvem e seus raios deslizaram pelo rio, juncos, o mirante e um grupo de cossacos, entre os quais a figura elegante de Lukachka chamou sua atenção.

Outra vez Olénin sentiu plena felicidade sem qualquer motivo aparente. Ele entrou no posto Nijne-Protótski, que ficava na margem do rio em frente a uma aldeia do lado oposto, cumprimentou os cossacos e, sem ter achado ainda motivo para fazer o bem a alguém, entrou na casa. Mas nem na casa teve essa oportunidade. Os cossacos receberam-no friamente. Ele acendeu um cigarro. Os cossacos não lhe deram atenção porque, em primeiro lugar, ele fumava e, em segundo, porque tinham outra diversão naquela noite. Das montanhas vieram os abreques, irmãos do morto, para resgatar o corpo. Aguardava-se a chegada da chefia dos cossacos. O irmão do morto, muito parecido com ele, era alto, esbelto, com barba aparada e pintada e, apesar de vestir casaco esfarrapado e gorro, tinha ar calmo e majestoso. Não se dignava a dirigir o olhar para ninguém, nem olhou para o irmão e, sentado de cócoras na sombra, fumava cachimbo, cuspindo de vez em quando, e emitia sons guturais imperativos que seu companheiro escutava com deferência. Percebia-se que era ginete, já topara com russos em outras circunstâncias, e agora nada neles o surpreendia nem interessava. Olénin aproximou-se do morto, mas o irmão lançou para ele um olhar de desprezo e disse algo em tom bravo. Seu companheiro apressou-se a cobrir o rosto do morto. Olénin ficou impressionado com o ar majestoso e severo do ginete, tentou conversar com ele, perguntando de que aldeia era, mas o tchetcheno mal olhou para ele, cuspiu com desprezo e deu-lhe as costas. Olénin dirigiu-se a seu companheiro. O companheiro, espião e intérprete, também era esfarrapado, mas moreno e não ruivo, inquieto, com os dentes branquíssimos e os olhos negros chamejantes. Facilmente travou conversa e pediu um cigarro.

— Eram cinco irmãos — contou o espião em russo macarrônico. — Esse é o terceiro que os russos matam, restaram só dois. Ele é ginete, muito ginete — disse ele apontando para o tchetcheno. — Quando Akhmed-khan foi morto, ele estava do outro lado, nos juncos; viu tudo: como foi colocado no barco, levado para a margem. Ficou ali até a noite. Queria matar o velho, mas os outros não deixaram.

Lukachka aproximou-se dos dois e se sentou ao lado deles.

— De que aldeia eles são? — perguntou ele.

— Fica naquelas montanhas — respondeu o espião, apontando para um desfiladeiro azulado pela neblina atrás do Térek. Conhece a Suiuk-su? Umas dez verstas para lá.

— Conhece Guirei-khan em Suiuk-su? — perguntou Lukachka com visível orgulho desse conhecimento. — É amigo meu.

— É meu vizinho — respondeu o espião.

— Muito bem! — disse Lukachka e, animado, começou a falar em tártaro.

Logo chegaram a cavalo o comandante da centúria e o chefe da povoação, acompanhado de dois cossacos.

O comandante (um dos novos oficiais) cumprimentou os cossacos, mas somente alguns, dentre os quais Lukachka, ergueram-se e prestaram continência, outros responderam com simples reverência, mas ninguém gritou a saudação como no exército russo. O sargento informou que no posto tudo estava em ordem. A Olénin tudo isso pareceu ridículo, como se eles estivessem brincando de soldado. Mas as formalidades logo se transformaram em relações simples e o comandante, um cossaco habilidoso como os outros, começou a falar com o intérprete em tártaro. Foi escrito um papel, entregue ao espião, dele foi recebido dinheiro e depois disso foram tratar do corpo.

— Quem de vocês é Luká Gavrílov? — perguntou o comandante.

Lukachka tirou o gorro e aproximou-se.

— Enviei o relatório a seu respeito para o comandante do regimento. Não sei o que vai dar, sugeri uma cruz, é cedo para promovê-lo a sargento. Sabe ler e escrever?

— Não, senhor.

— Mas é um bravo rapaz! — disse o comandante, fazendo seu papel de chefe. — Coloque o gorro. É parente de qual Gavrílov? Do Largão?

— Sim, sobrinho — respondeu o sargento.

— Sei, sei. Bem, vão lá ajudá-los — disse ele aos cossacos.

O rosto de Lukachka irradiava alegria e parecia mais bonito ainda. Ao se afastar do sargento, ele colocou o gorro e sentou-se ao lado de Olénin.

Quando o corpo foi levado ao barco, o tchetcheno irmão foi para a margem. Os cossacos deram-lhe passagem. De um impulso ele pulou para dentro do barco. E pela primeira vez, como notou Olénin, lançou um olhar rápido para os cossacos, e perguntou algo ao companheiro. Este apontou para Lukachka. O tchetcheno olhou mais uma vez e devagar virou as costas. Não era ódio, e sim um frio desprezo que esse olhar expressava. E ele disse algo mais.

— O que foi que ele disse? — perguntou Olénin ao interprete.

— Vocês batem em nós, nós torcemos vocês. Sempre a mesma porcaria — respondeu o espião, provavelmente mentindo. Ele riu, mostrando os dentes brancos, e pulou para dentro do barco.

O irmão do morto estava sentado sem se mexer, olhando para a margem oposta. Sentia tanto ódio e desprezo que nada podia lhe interessar do lado de cá. O espião, em pé na ponta do barco, movia-o habilmente, passando o remo de um lado para o outro, e falava sem parar. O barco atravessava a correnteza de viés, afastava-se e diminuía de tamanho, as vozes tornavam-se quase inaudíveis e, finalmente, atracou no lugar onde haviam sido deixados os cavalos. Lá eles tiraram o corpo e, apesar do cavalo se afastar bruscamente, conseguiram colocar o corpo na sela, montaram os outros e foram a passo pela rua da aldeia. A multidão olhava para eles em silêncio.

Já desse lado, ouviam-se risos e brincadeiras, os cossacos estavam contentes e alegres. O comandante e o chefe da povoação foram à casa de barro para se servir de comes e bebes. Lukachka, que em vão procurava dar um ar sério a seu rosto radiante, estava sentado perto de Olénin e, apoiando os cotovelos nos joelhos, aplainava uma vareta com o canivete.

— Por que está fumando? — puxou conversa, apenas por perceber que Olénin sentia-se sozinho e sem jeito entre os cossacos. — É bom isso, será?

— Sei lá, acostumei-me — respondeu Olénin. — Por quê?

— Hum! Se nós, os cossacos, fumássemos, seria uma desgraça! Veja, as montanhas estão perto — disse Lukachka apontando para o desfiladeiro —, mas não dá para chegar!... Como é que vai para casa sozinho? Já escureceu. Se quiser, acompanho você, peça para o sargento.

"Ótimo", pensou Olénin, olhando para o rosto alegre do cossaco. Lembrou-se de Mariana, do beijo que espiou por atrás do portão e ficou com pena de Lukachka, pena por ele ser analfabeto. "Mas que absurdo, que coisa errada!", pensava ele. "Um homem mata o outro e sente-se feliz, contente, como se tivesse feito a melhor coisa do mundo. Será que nada lhe diz que não há motivo nenhum para tanta alegria? Que a felicidade não consiste em matar, mas em se sacrificar por alguém?"

— Agora vê se não cai sob os olhos dele, irmão — disse um dos cossacos, dirigindo-se a Lukachka. — Ouviu ele perguntar de você?

Lukachka levantou a cabeça.

— O afilhado? — perguntou Lukachka, pressupondo o tchetcheno.

— O afilhado não vai se levantar, mas o irmão ruivo dele...

— Que dê graças a Deus por ter escapado são e salvo — disse Lukachka rindo.

— Por que se alegra? — disse Olénin a Lukachka. – E se seu irmão fosse morto, ficaria feliz?

Os olhos do cossaco estavam rindo. Ele entendeu tudo que Olénin quis lhe dizer, mas estava acima dessas ponderações.

— E o que tem? Acontece. Não matam a gente também?

XXII

O comandante e o chefe da povoação foram embora. Olénin queria agradar Lukachka e tinha receio de ir sozinho pela floresta escura, pediu para o sargento que o deixasse sair da barreira e ele deixou. Olénin pensou que Lukachka gostaria de ver Marianka e, em geral, estava contente de ter como companheiro um cossaco tão simpático e sociável. Lukachka e Marianka uniam-se em sua imaginação e dava-lhe prazer pensar neles. "Ele ama Mariana", pensava Olénin, "e eu poderia amá-lo". O sentimento de ternura que surgiu enquanto eles caminhavam pela floresta escura era forte e novo para ele. Lukachka também estava todo jubiloso. Algo parecido com amor sentia-se entre esses dois jovens tão diferentes. Toda vez que eles se entreolhavam, dava-lhes vontade de rir.

— Por qual portão você entra? — perguntou Olénin.

— O do meio — disse Lukachka —, mas eu o acompanho até o pântano, lá já não precisa ter medo.

Olénin riu.

— E eu tenho medo, por acaso? Volte, fico muito grato, irei sozinho.

— Não faz mal! Não tenho mesmo o que fazer. E como não ter medo? Nós também temos medo — disse Lukachka rindo também e para satisfazer o amor próprio de Olénin.

— Venha até minha casa, vamos bater papo, tomar vinho, depois pode ir.

— Não me falta lugar onde passar a noite — riu Lukachka —, mas o sargento pediu para voltar.

— Ontem ouvi você cantar e vi também...

— Somos todos gente... — Luká balançou a cabeça.

— Dizem que vai casar, é verdade? — perguntou Olénin.

— Minha mãe é que quer me casar. Mas nem cavalo eu tenho.

— Não é militar combatente?

— Que nada. Só pretendo. Ainda tenho de arranjar um cavalo, mas não há onde. Por isso não me casam.

— E quanto custa um cavalo?

— Outro dia pechinchavam um cavalo nogaio lá do outro lado, nem sessenta moedas eles aceitam.

— Quer ser meu capanga? (Durante as campanhas, os oficiais tinham seus guarda-costas.) Vou solicitar permissão e lhe darei um cavalo de presente — disse de repente Olénin. — Verdade. Tenho dois. Não preciso.

— Como não precisa? — riu Lukachka. — Por que me dar de presente? Arranjarei dinheiro, se Deus quiser.

— Falo sério! Ou você não quer ser capanga? — disse Olénin, feliz por ter lhe ocorrido a ideia de presentear Lukachka com um cavalo. Mas sentiu-se um tanto sem jeito, envergonhado. Procurava palavras e não sabia o que dizer.

Lukachka foi o primeiro a romper o silêncio.

— Tem casa própria na Rússia? — perguntou ele. Olénin não se conteve em dizer que tinha várias casas e não apenas uma.

— É boa? Maior do que as nossas? — perguntou Lukachka sem malícia.

— Muito maior, umas dez vezes, de três pavimentos — contava Olénin.

— E tem cavalos como os nossos?

— Tenho cem cavalos, que custam trezentos, quatrocentos rublos, mas não são como os daqui. Trezentos de prata! Trotadores, sabe... Mas prefiro os daqui.

— E por que veio para cá, por vontade própria ou por obrigação? — perguntou Lukachka como que zombando. — Eis onde você perdeu o caminho — acrescentou ele, apontando para uma vereda —, devia ter virado à direita.

— Foi vontade minha. Queria conhecer esses lugares, sair em campanha.

— Eu sairia agora mesmo — disse Luká. — São os chacais uivando — acrescentou ele, apurando o ouvido.

— E você não sente horror de ter matado uma pessoa? — perguntou Olénin.

— Horror por quê? Mas em campanha eu sairia — repetiu Lukachka. — Tenho tanta vontade, mas tanta vontade...

— Quem sabe, sairemos juntos. A nossa companhia pretende sair antes das festas. A centúria de vocês também.

— Mas essa sua vontade de vir para cá! Tem casa, cavalos, criadagem. Eu só ia me divertir. Que patente você tem?

— Sou cadete, mas agora vou ser promovido.

— Bem, se não é gabação essa sua vida tão boa, eu, em seu lugar, não sairia de casa. É bom viver aqui?

— Sim, muito bom — disse Olénin.

Já havia escurecido completamente quando eles, conversando, aproximaram-se da povoação. Ainda estavam cercados das trevas da floresta, o vento rugia nas alturas. Os chacais que pareciam estar perto ora uivavam, ora riam e choravam e, da povoação, já chegavam ao ouvido vozes de mulheres, latido de cachorros, viam-se os contornos das casas, as luzes e vinha o cheiro, aquele cheiro específico da fumaça de esterco queimado. Naquela noite, Olénin sentiu que ali, naquele lugar, estava sua casa, sua família, toda a sua felicidade, e que ele nunca, em lugar algum, havia vivido ou tornaria a viver tão feliz como na povoação. Naquela noite, sentia amor por todos e, principalmente, por Lukachka! Chegando em casa, Olénin, para grande surpresa de Lukachka, retirou do estábulo uma égua, comprada em Groznyi, não aquela que ele sempre montava, mas a outra, bastante boa, embora não muito jovem, e entregou-a a Lukachka.

— Mas por que me presenteia? — disse Lukachka. — Não lhe fiz serviço nenhum.

— Juro que não me custa nada — respondeu Olénin —, pegue, você também, um dia... Assim poderemos sair em campanha.

Luká ficou embaraçado.

— Mas o que é isso? Pois um cavalo não custa pouco — disse ele sem olhar para a égua.

— Pegue, pegue já! Se não accitar, ficarei ofendido! Vaniucha, leve até a casa dele.

— Bem, agradeço. Nem esperava...

Olénin ficou feliz como um adolescente.

— Amarre-a aqui. É uma boa égua, comprei em Groznyi, galopa bem. Vaniucha, traga-nos o mosto. Vamos entrar.

O mosto foi servido. Lukachka sentou-se e pegou a taça.

— Se Deus quiser, pagarei com meu serviço — disse ele, terminando a primeira taça. — Como é seu nome?

— Dmitri Andréitch.

— Bem, Dmitri Andréitch, que Deus o guarde. Seremos amigos. Venha nos visitar. Não somos ricos, mas para amigos sempre há o que oferecer. Vou avisar a minha mãe: se precisar de qualquer coisa, *kaimak* ou uvas. E se vier à barreira, estou às suas ordens: para caçar, ir ao outro lado do rio, onde quiser. Outro dia matei um javali daqueles! Reparti entre os cossacos. Se soubesse, teria trazido para você.

— Está bem, obrigado. Mas não atrele a égua, ela nunca foi usada para isso.

— Atrelar! Como é possível? Vou lhe dizer uma coisa — disse Lukachka abaixando a voz —, se quiser, tenho um amigo, Guirei-khan, que me chamou para armar uma cilada no caminho pelo qual descem das montanhas. Não vou lhe trair, serei seu capanga.

— Iremos, iremos um dia.

Lukachka parecia ter se acalmado e entendido a atitude de Olénin.

Sua tranquilidade e simplicidade de tratamento surpreenderam Olénin e até o desagradaram um pouco. Os dois ficaram conversando longamente. Já era tarde quando Lukachka apertou a mão de Olénin e saiu. Apesar de ter bebido muito, não estava embriagado — ele nunca ficava bêbado.

Olénin foi até a janela para ver o que ele ia fazer depois de sair. Lukachka, cabisbaixo, ia devagar, levando o cavalo. Ao atravessar o portão, sacudiu a cabeça e de repente, dando um pulo de gato, montou o cavalo, ululou e saiu em disparada pela rua.

Olénin achava que ele iria dividir sua alegria com Marianka; mas apesar de Luká não ter feito isso, sentia-se bem como nunca antes. Estava eufórico como um moleque e não pôde deixar de contar a Vaniucha não só o fato de ter dado o cavalo de presente, mas também o porquê daquilo e toda sua nova teoria da felicidade. Vaniucha não aprovou a teoria, disse que *larjan ilniapá*[31] e portanto tudo isso era uma tolice.

Lukachka passou em casa, entregou o cavalo à mãe, ordenou levá-lo à manada cossaca, pois ele devia voltar à barreira naquela noite. A mudinha encarregou-se de levar o cavalo, explicou com sinais que ia fazer reverência profunda quando encontrasse o homem que lhe dera o cavalo de presente. A velha balançou a cabeça ouvindo o conto do filho, achando no íntimo que o filho tinha roubado e, por isso, mandou a mudinha levar o cavalo à manada antes que amanhecesse.

Indo sozinho para a barreira, Lukachka não parava de pensar no ato de Olénin. Embora, segundo a sua opinião, o cavalo não fosse lá grande coisa, custava, no mínimo, umas quarenta moedas, e ficou muito contente com o presentão. Mas por que fora dado esse presente ele não conseguia entender e por isso não sentia nenhuma gratidão. Pelo contrário, ocorriam-lhe vagas suspeitas de más intenções do cadete. Não imaginava que intenções eram essas, mas nem admitia a ideia de que um desconhecido, simplesmente por bondade, pudesse lhe dar de pre-

---

31 N.O.: Em francês incorreto: não há dinheiro.

sente um cavalo que custava quarenta moedas. Isso lhe parecia impossível. Se ao menos estivesse bêbado, daria para entender: quis se gabar. Mas o cadete estava sóbrio, portanto, queria suborná-lo para alguma coisa má. "Ah, essa não!", pensava Lukachka. "O cavalo está comigo, depois a gente vê. Também não sou bobo. Veremos quem de nós é mais esperto!", raciocinava ele, sentindo necessidade de estar alerta com Olénin e incitando em si um sentimento hostil por ele.

Não contou a ninguém como arranjou o cavalo. A uns dizia que tinha comprado, a outros dava respostas evasivas. Porém, na povoação logo ficaram sabendo a verdade. A mãe de Lukachka, Mariana, Iliá Vassílievitch e outros cossacos que souberam do presente sem motivo ficaram perplexos e começaram a ter receio do cadete. Mas apesar dos receios, o ato despertou grande respeito à simplicidade e riqueza de Olénin.

— Ouviu? O cadete alojado na casa de Iliá Vassílievitch deu a Lukachka o cavalo de cinquenta moedas — comentava um. — Ricaço!

— Ouvi — respondia o outro, pensativo. — Lukachka deve ter prestado algum serviço a ele. Veremos em que isso vai dar. Sorte dele.

— Mas que gente velhaca esse cadete, cuidado com ele! — dizia o terceiro. — Pode incendiar ou fazer outra coisa qualquer.

XXIII

A vida de Olénin transcorria de forma monótona. Com os chefes e os companheiros tinha pouco a ver. Nesse sentido a situação de um cadete rico, especialmente no Cáucaso, tinha essa vantagem. Não o enviavam nem para trabalhos nem para exercícios. Por sua participação na expedição, foi solicitada a patente de oficial e até esse momento ele foi deixado em paz. Os oficiais viam nele um aristocrata e mantinham com ele um relacionamento formal. Os jogos de cartas e as farras dos oficiais que presenciou ainda no destacamento não o atraíam e distanciou-se também da sociedade dos oficiais da povoação. A vida dos oficiais na povoação já tinha seu modo determinado. Assim como nas fortalezas, todo cadete ou oficial regularmente bebe Porter[32] e joga cartas; nas povoações, ele regularmente bebe mosto junto com os donos da casa, oferece guloseimas e mel às raparigas, arrasta as asas para as cossacas, apaixona-se e, às vezes, casa-se. Olénin sempre viveu de um modo diferente e tinha aversão intuitiva aos caminhos batidos. E no Cáucaso também não entrou na trilha comum dos oficiais.

Aconteceu naturalmente de ele acordar junto com o sol. Depois de tomar o chá, admirar da soleira as montanhas, o

---

32 N.T.: Cerveja inglesa forte.

amanhecer e Marianka, ele vestia um casaco puído de couro de boi, sandálias de couro amolecido na água, munia-se de punhal, espingarda, um saquinho com cigarros, alguma provisão, chamava o cão e, depois das cinco, saía da povoação indo para a floresta. Depois das seis da tarde, ele voltava cansado, faminto, com cinco ou seis faisões atrás do cinto, às vezes com mais algum bicho e com a provisão e cigarros intactos. Se seus pensamentos estivessem num saquinho assim como os cigarros, poderia se ver que nenhum pensamento mexeu-se nele nessas quatorze horas. Voltava para casa moralmente forte, renovado e feliz. Não poderia dizer em que estivera pensando durante todo esse tempo. Não se sabe se eram ideias, lembranças ou sonhos que vagueavam na sua cabeça. Quando caía em si, perguntava-se: "Em que estou pensando?" E se surpreendia vendo-se ora como cossaco, trabalhando no pomar com sua esposa cossaca, ora como abreque nas montanhas ou ainda como um javali fugindo dele mesmo. E o tempo todo ficava na escuta, perscrutando e aguardando aparecer um faisão, javali ou cervo.

De noite, o tio Ierochka, sem falta, estava em sua casa. Vaniucha trazia um garrafão de mosto e eles conversavam, bebiam e, ambos contentes, despediam-se e iam dormir. No dia seguinte, outra vez a caça, o cansaço sadio, outra vez os dois se embebedavam, conversavam e ficavam felizes.

Às vezes, nos feriados, ele ficava o dia todo em casa. Então sua ocupação principal era Marianka. Pelas janelas ou da soleira, ele observava avidamente cada movimento dela sem que ele mesmo se apercebesse disso. Olhava para Marianka e amava-a (como lhe parecia) como se ama a beleza das montanhas e do céu, e não pretendia ter qualquer relacionamento com ela. Parecia-lhe que entre ela e ele não poderia haver o relacionamento que existia entre ela e Lukachka e muito menos entre um oficial rico e uma rapariga cossaca. Achava que se tentasse agir como agiam seus companheiros, trocaria essa contemplação cheia de prazer por inúmeras torturas, decepções e arrependimentos. Além disso, ele já havia feito por essa mulher um ato de abnegação que lhe proporcionou muito prazer. E o principal: ele tinha um medo inexplicável de Marianka e não ousaria brincar com ela dizendo palavras amorosas.

Um dia, no verão, Olénin não foi à caça e ficou em casa. Inesperadamente chegou um conhecido seu, um jovem, com o qual se encontrara na sociedade moscovita.

— Ah, *mon cher*, meu querido, como fiquei feliz em saber que você está aqui! — começou ele com seu francês moscovita e continuou intercalando seu discurso com palavras francesas. — Disseram-me: "Olénin". Qual Olénin? Fiquei tão contente! O destino quis que nos encontrássemos. Bem, como vai? Por que está aqui?

E o príncipe Belétski contou toda a sua história: como entrou naquele regimento temporariamente, como o comandante-chefe chamou-o para ser seu ajudante de campo e que depois da campanha iria servir com ele, ainda que aquilo não lhe interessasse em absoluto.

— Aqui, nesse fim do mundo, é preciso, ao menos, fazer carreira... uma cruz... uma patente... ser transferido para a guarda. Tudo isso é necessário, não para mim, mas para os parentes, conhecidos. O príncipe me recebeu muito bem, é uma pessoa decente — Belétski não parava de falar. — Depois da expedição recebi a ordem de Anna. Agora, até a campanha, ficarei aqui. Aqui é excelente. Que mulheres! E você, como vai?

O capitão Stártsev, criatura boa e tola, disse-me que você vive como um verdadeiro selvagem, não se relaciona com ninguém. Eu entendo que você não queira estreitar relações com os oficiais daqui. Fico contente, agora vamos nos ver. Estou alojado na casa de um sargento. E que menina tem lá! Ústenhka! É um encanto!

Mais e mais choviam palavras francesas e russas, palavras daquele mundo que, como pensava Olénin, fora abandonado por ele para sempre. A impressão geral que Belétski deixava era a de um jovem simpático e bonachão. Talvez fosse, realmente. Mas apesar de sua bonomia e do rosto bonitinho, a Olénin ele pareceu muito desagradável. Ele cheirava àquela nojeira que Olénin havia renegado. O que mais o aborreceu foi que ele não pôde, não teve forças para afastar de uma vez por todas esse homem daquele mundo, como se esse antigo mundo que outrora foi seu tivesse poderes incontestáveis sobre ele. Sentia raiva de Belétski e de si mesmo por ter usado palavras francesas sem querer, demonstrado interesse pelo comandante-chefe e seus conhecidos, por ter se referido com desprezo aos oficiais e aos cossacos e ter sido amigável com Belétski, prometendo visitá-lo e convidando-o para aparecer em casa. No entanto, Olénin não ia ver Belétski. Vaniucha aprovou Belétski, dizendo que ele era um senhor de verdade.

Belétski logo se adaptou ao modo de vida da povoação. Em um mês ele já parecia ser morador antigo daquele lugar e levava aquela vida comum de oficial rico numa povoação: embebedava os velhos, fazia festinhas e frequentava as festinhas das raparigas, vangloriava-se de suas conquistas amorosas e, entre as mulheres e moças, chegou a ser apelidado de vovô, sabe-se lá por quê. Os cossacos, vendo nele um homem que amava mulheres e vinho, familiarizaram-se com ele e até gostavam mais dele do que de Olénin, que era um enigma para eles.

XXIV

Eram cinco da manhã. Na soleira, Vaniucha atiçava o fogo do samovar com o cano da bota. Olénin já saíra a cavalo para o Térek (recentemente inventara uma nova diversão – dar banho no cavalo no rio). A senhoria estava acendendo o forno na sua *isbuchka*, onde se preparava *kaimak*; da chaminé, saía fumaça preta; no estábulo, a rapariga ordenhava a búfala. "Não quer ficar quieta, maldita!" — ouvia-se sua voz impaciente e, em seguida, o som do leite caindo no balde. Na rua, perto de casa, soaram as batidas dos cascos de cavalo. Olénin, montado no cavalo, bonito, cinza-escuro, brilhante por ainda estar molhado, chegou ao portão. A linda cabecinha de Mariana, amarrada com um lenço vermelho, apareceu no portão do estábulo por um instante. Olénin trajava uma camisa de seda vermelha, casaco circassiano branco, com um punhal atrás do cinto e gorro alto. Montado com certa elegância na garupa molhada do cavalo, ele se abaixou para abrir o portão. Seu rosto jovem respirava saúde. Ele se achava bonito, ágil e parecido com um ginete, mas sem razão. O olho de qualquer caucasiano experiente logo percebia nele um soldado. Ao notar a cabecinha da rapariga, ele se inclinou com muita agilidade, abriu o portão e, segurando as rédeas, ergueu o látego e entrou no pátio.

— Está pronto o chá, Vaniucha? — gritou ele em tom alegre, sem olhar para o estábulo. Sentia com prazer como tremia cada músculo do seu bonito cavalo prestes a pular a cerca e marcando o passo pelo barro batido do pátio.

— Está pronto! — respondeu Vaniucha. Pareceu a Olénin que a linda cabecinha ainda o estava observando, mas ele não olhou para ela. Saltando do cavalo, ele esbarrou na soleira com a espingarda e, assustado, olhou para o portão do estábulo, mas não viu ninguém; vinha de lá apenas o som do leite sendo ordenhado.

Olénin entrou na casa, algum tempo depois voltou à soleira e, com um livro e um cachimbo, sentou-se à mesa para tomar chá no lugar onde ainda não batiam os raios do sol. Naquele dia, não ia sair para lugar algum antes do almoço e pretendia responder as cartas acumuladas havia tempo. Mas dava-lhe pena deixar esse seu lugarzinho na soleira e não tinha vontade de voltar para dentro de casa, como se ela fosse uma prisão. A dona da casa já aquecera o forno, a rapariga já levara os animais ao rebanho, recolhia o esterco e o grudava na cerca. Olénin estava lendo, mas não entendia nada daquilo que estava escrito no livro aberto diante dele. A cada instante ele levantava os olhos para a figura da jovem e forte mulher. Entrasse ela na úmida sombra matinal da casa ou no meio da luz alegre no centro do pátio, quando toda sua figura de roupa vistosa brilhava ao sol e deitava uma sombra preta — ele não podia perder nenhum de seus movimentos. Deliciava-se em ver com que liberdade e graça inclinava seu corpo, como a camisa cor-de-rosa, que era toda sua roupa, panejava sobre o peito e ao longo das pernas bonitas; como aprumava seu corpo e, por baixo da camisa justa, delineavam-se seus seios rijos; como o pé estreito na sapatilha velha pisava na terra sem se deformar, como seus braços fortes de mangas arregaçadas, forçando os músculos, mexiam a pá e como seus olhos pretos às vezes se viravam para ele. Embora as finas sobrancelhas franzissem, os olhos expressavam prazer e consciência de sua beleza.

— Olá, Olénin, acordou faz tempo? — disse Belétski, entrando no pátio. Estava de uniforme de oficial caucasiano.

— Ah, Belétski! — respondeu Olénin estendendo-lhe a mão. — Por que tão cedo?

— O que fazer! Fui expulso. Hoje vai ter uma festa na minha casa. Mariana, você vem?

Olénin ficou surpreso. Como pode Belétski se dirigir a essa mulher de maneira tão simples?

Mariana, como se não tivesse ouvido, inclinou a cabeça, pôs a pá no ombro e com seu andar firme e másculo foi até a *isbuchka*.

— A menina ficou acanhada, acanhada por causa de sua presença — disse Belétski a Olénin, seguindo-a com o olhar, e com um sorriso, subiu a soleira.

— Festa na sua casa? Quem o expulsou?

— Na casa de Ústenhka, a dona da casa, você foi convidado. Festa quer dizer torta e reunião de raparigas.

— Mas o que nós vamos fazer?

Belétski sorriu maliciosamente e, dando uma piscadela, acenou com a cabeça para a *isbuchka*, na qual Mariana acabara de entrar.

Olénin deu de ombros e ficou ruborizado.

— Você é uma pessoa estranha! — disse ele.

— Bem, conte então!

Olénin carregou o cenho. Belétski notou isso e sorriu com ar adulador.

— Mas não é possível — disse ele —, mora na mesma casa... e a menina é tão simpática, excelente, uma beldade...

— Uma beldade surpreendente! Nunca vi mulheres como ela — disse Olénin.

— Então, qual é o problema? — perguntou Belétski sem entender absolutamente nada.

— Pode parecer estranho — respondeu Olénin —, mas por que não dizer a verdade? Desde que passei a morar aqui, as mulheres como que não existem para mim. E isso é tão bom! Além do mais, o que pode haver em comum entre nós e essas mulheres? Ierochka é outra coisa, nós temos a mesma paixão: a caça.

— Ora! O que pode haver em comum! E o que há em comum entre mim e a Amália Ivánovna? Aquilo mesmo. Pode dizer que são sujinhas, mas isso é outra coisa. *A la guerre, comme a la guerre.*[33]

— Jamais conheci Amálias Ivánovnas e não sei como tratá-las. Elas não merecem ser respeitadas, mas essas mulheres eu respeito — disse Olénin.

— Então respeite! Quem lhe impede?

Olénin não respondeu. Ele queria terminar o que tinha começado. Tomava a peito esse assunto.

— Sei que sou uma exceção (parecia estar embaraçado). Mas a minha vida tomou esse rumo e eu não vejo necessidade nenhuma em mudar meus princípios. E se vivesse do jeito

---

33 N.O.: Em francês: Na guerra como na guerra.

que você vive, eu simplesmente não poderia viver aqui, já nem digo viver feliz, como me sinto agora. E outra, eu procuro nelas algo totalmente diferente daquilo que procura você.

Com ar desconfiado, Belétski levantou as sobrancelhas.

— Mesmo assim, venha à noite, vou apresentá-lo a Mariana. Por favor, venha! Se ficar entediado, irá embora. Combinado?

— Eu iria, mas vou lhe dizer a verdade: tenho medo de me envolver seriamente.

— Ora, ora, ora! — exclamou Belétski. — Venha que eu o acalmo. Você vem? Palavra de honra?

— Eu iria, mas confesso que não entendo o que nós vamos fazer, que papel vamos desempenhar.

— Peço-lhe, por favor. Vem?

— Sim, talvez — respondeu Olénin.

— Meu Deus do Céu! Mulheres encantadoras como em nenhum outro lugar e vive feito monge! Que ideia! Para que estragar sua vida e não aproveitar aquilo que tem? Soube que a nossa companhia irá para Vosdvíjenskaia?

— Duvido. Disseram-me que iria a oitava companhia.

— Não, recebi uma carta do ajudante de campo, ele escreve que o próprio príncipe participará da incursão. Fico contente de poder me encontrar com ele novamente. A vida aqui já começa a me aborrecer.

— Dizem que a incursão será realizada em breve.

— Não sei, só ouvi dizer que Krinóvitsin ganhou a ordem de Anna[34] depois da incursão e que ele esperava pela patente de tenente — disse Belétski rindo. — Foi ao estado-maior...

Começava a escurecer. Olénin pensava na festinha. Aquele convite o atormentava. Tinha vontade de ir, mas achava

---

34 N.T.: Ordem de Santa Anna, instituída na Rússia em 1742.

esquisito e até dava-lhe medo só de imaginar o que aconteceria lá. Sabia que, além das raparigas, não deveriam estar nem cossacos, nem velhas. Como seria? Como se comportar? Do que falar? O que elas iriam dizer? Que relacionamento poderia haver entre ele e essas raparigas selvagens? Belétski contou sobre relacionamentos tão estranhos, cínicos e, ao mesmo tempo, rigorosos...

Era estranho para ele imaginar que estaria na mesma casa com Mariana e que talvez tivesse de falar com ela. Isso lhe parecia impossível quando se lembrava da sua postura majestosa. Já Belétski afirmava que isso era muito simples. "Será que ele vai tratar Mariana do mesmo jeito? Interessante", pensava ele. "Não, é melhor não ir. Tudo isso é nojento, vulgar e, o principal – não tem sentido". E outra vez atormentava-o a pergunta: como será isso? Mas deu sua palavra e isso o obrigava. Ele acabou indo sem nada ter decidido. Chegou até a casa de Belétski e entrou.

A casa na qual morava Belétski, era igual à de Olénin, apoiada sobre pilares, a uma braça do chão, e tinha dois cômodos. No primeiro, onde entrou Olénin subindo a escadinha íngreme, perto da parede da frente, à maneira cossaca, estavam colchões de penugem, tapetes e almofadas arrumados de um jeito bonito, com bom gosto, e nas paredes laterais pendiam armas e alguidares de cobre. No outro cômodo, havia uma grande lareira, mesa, bancos e ícones. Debaixo dos bancos, havia melancias e abóboras. Nesse quarto estava alojado Beletski, com sua cama dobrável, maletas, um pequeno tapete na parede no qual pendiam armas, peças de asseio pessoal e retratos colocados na mesa e um roupão de seda, jogado no banco. O próprio Belétski estava na cama, com roupa de baixo, lendo *"Les trois mousquetairs"*.[35]

---

35 N.O.: "Os três mosqueteiros".

Belétski pulou da cama.

— Veja como me acomodei. Nada mal, não é? Que bom que veio. Elas estão numa atividade terrível. Sabe de que é a torta que fazem? De carne de porco com uvas. Mas isso não é o principal. Veja como está fervendo lá!

Realmente, ao olhar pela janela eles viram uma agitação incomum na casa dos patrões. As raparigas saíam e voltavam correndo, carregando coisas.

— Demora? — gritou Belétski.

— Já vai! Está faminto, vovô? — Da casa ouviram-se risadas sonoras.

Ústenhka, roliça, corada, bonitinha, de mangas arregaçadas entrou na casa de Belétski para pegar os pratos.

— Ei, você aí! Vou quebrar os pratos, poderia ajudar! — gritou ela para Belétski e, rindo, olhou para Olénin. — E providencie doces para as raparigas.

— E Mariana, veio? — perguntou Belétski.

— É claro! Foi ela que trouxe a massa.

— Sabe — disse Belétski —, se vestir essa moça, dar uma limpada e um certo toque nela, seria melhor do que todas as nossas beldades. Já viu a cossaca Borscheva? Casou com um coronel. Que postura! É um encanto! De onde, de repente...

— Não vi Borscheva, mas por mim não há nada melhor que essa roupa.

— Ah, eu sei me conciliar com qualquer modo de vida! — disse Belétski, dando um suspiro alegre. — Vou ver como estão indo as coisas.

Ele vestiu o roupão e saiu correndo.

— E você cuide dos doces! — gritou ele.

Olénin mandou o ordenança comprar pães doces e mel. A ele foi muito desagradável dar dinheiro, como se subornasse alguém, tanto que não respondeu nada definido ao ordenança, que perguntou: "Quantos de mel e quantos de menta?"

— Quantos quiser.

— Uso todo o dinheiro? — perguntou o velho soldado em tom significativo. — Os de menta custam mais caro, dezesseis cada.

— Use todo, todo — disse Olénin e sentou-se ao pé da janela. Estranhou seu coração bater forte, como se ele estivesse se preparando para cometer algum delito.

Ouviu gritos estridentes das moças na outra casa quando lá entrou Belétski e, instantes depois, viu-o sair correndo de lá acompanhado de gritos e risos.

— Fui expulso — disse ele.

Passados alguns minutos, Ústenhka entrou no quarto e convidou solenemente as visitas, dizendo que tudo estava pronto.

Quando eles entraram na casa, tudo realmente estava pronto, Ústenhka arrumava as almofadas na parede. Na mesa, coberta com uma toalhinha desproporcionalmente pequena, havia uma jarra com mosto e um prato de peixe seco. A casa cheirava a massa e uva. Seis moças de casacos vistosos, sem lenços na cabeça, estavam apinhadas no canto atrás da lareira, cochichando e dando risinhos.

— Pedimos encarecidamente que meu anjo faça o brinde — disse Ústenhka, convidando as visitas à mesa.

Entre as raparigas, todas bonitas, sem exceção, Olénin viu Marianka e sentiu dó de ter que se encontrar com ela numa situação tão vulgar e constrangedora. Sentia-se um bobão e sem jeito, e resolveu fazer o mesmo que fazia Belétski. Este, um tanto solene, mas seguro de si e desembaraçado, aproximou-se da mesa, tomou um copo de vinho brindando à saúde de Ústenhka e convidou os outros fazer o mesmo. Ústenhka disse que as raparigas não bebiam.

— Com mel poderia ser — disse uma das moças.

Chamaram o ordenança, que acabava de voltar da venda. Ele olhou de soslaio, com inveja ou com reprovação para os senhores farristas (na sua opinião), cuidadosamente entregou o pedaço de favo embrulhado num papel cinzento e começou a prestar contas dos preços e do troco, mas Belétski o pôs para fora.

Depois de diluir o mel nos copos de mosto e esparramar solenemente as três libras de pães pela mesa, Belétski puxou as raparigas do canto para a mesa e começou a lhes oferecer os pães. Olénin viu que Marianka pegou dois pães de menta e um de mel e não sabia o que fazer com eles. A conversa não engatava, apesar do desembaraço de Ústenhka e Belétski e da sua vontade de animar o pessoal. Olénin vacilava, procurava e não achava o que dizer, sentia que causava curiosidade, talvez até ironia, e transmitia sua timidez aos outros. Ele corava e percebia que Mariana estava a mais embaraçada das moças. "Provavelmente esperam que lhes demos dinheiro. Mas como vamos fazer isso? Seria bom dar o quanto antes e ir embora daqui!"

XXV

— Como é que você não conhece o seu inquilino? — disse Belétski, dirigindo-se a Mariana.

— Como posso conhecer se ele nunca vem à nossa casa? — disse Mariana, e olhou para Olénin.

Olénin assustou-se, corou e disse, sem se dar conta do que estava falando:

— Tenho medo de sua mãe. Ela me deu tamanha bronca na primeira vez que entrei na sua casa!

Mariana caiu na risada. Depois olhou para ele e disse:

— E você ficou com medo? — e virou-se.

Foi a primeira vez que Olénin viu o rosto da beldade por inteiro. Antes ele só a via com um lenço até os olhos. Não à toa era considerada a mais bonita da povoação. Ústenhka era uma menina bonitinha, rechonchuda, corada, de olhinhos castanhos, sempre com um sorriso nos lábios vermelhos, sempre rindo e sempre tagarelando. Mariana não era bonitinha, ela era bela. Ela poderia parecer máscula, não fosse a elegância do seu corpo de estatura alta e ombros e peito fortes e, o principal, se não fosse a expressão doce do sorriso e, ao mesmo tempo, dos olhos negros alongados com sombra escura debaixo das sobrancelhas pretas no rosto rigoroso. Sorria raramente, mas o seu sorriso sempre surpreendia. Sentia-se nela uma virgindade saudável e forte. As raparigas todas eram bonitas, mas os olhares, tanto delas mesmas, quanto os de Belétski e do ordenança que trouxera os pães, voltavam-se para ela; e todos, dirigindo-se a alguém, involuntariamente dirigiam-se a ela também. Entre as outras, ela parecia uma rainha orgulhosa e afável.

Belétski, para manter as regras do bom-tom, não parava de tagarelar, obrigava as raparigas a servir mosto, mexia com elas e fazia a Olénin observações indecentes em francês a respeito da beleza de Mariana, chamando-a de "a sua", *la votre*, e convidava-o a fazer o mesmo que ele. Para Olénin, a situação ficava cada vez mais penosa. Ele havia achado um pretexto para sair e fugir, quando Belétski anunciou que a aniversariante Ústenhka devia servir o mosto dando um beijo. Ela concordou, mas com a condição de que a cada beijo lhe colocassem dinheiro no prato, como se faz nas festas de casamento. "Que diabo me trouxe para essa festinha nojenta!" disse a si mesmo e levantou-se, querendo sair.

— Onde você vai?

— Vou buscar tabaco — disse ele, mas Belétski o segurou pelo braço.

— Eu tenho dinheiro — disse ele em francês.

"Daqui não se pode sair sem pagar", pensou Olénin e ficou aborrecido com seu lapso. "Será que não posso fazer o mesmo que faz Belétski? Não deveria ter vindo. Mas já que vim, não devo fazer papel de desmancha-prazeres. Vou beber à cossaca", e pegou um púcaro (de madeira, no qual cabiam uns oito copos), encheu-o e tomou quase tudo. Enquanto ele bebia, as raparigas olhavam para ele atônitas, quase assustadas.

Isso lhes pareceu estranho e indecoroso. Ústenhka serviu aos homens mais dois copos e beijou-se com ambos.

— Aqui, meninas, vamos farrear — disse ela chacoalhando o prato com as quatro moedas colocadas nele.

Olénin já não se sentia embaraçado. E desatou a língua.

— Bem, agora você, Mariana, sirva com o beijo — disse Belétski, pegando na sua mão.

— Você eu posso beijar assim, sem nada! — disse ela e, brincando, ergueu a mão contra ele.

— A gente pode beijar o vovô assim, sem dinheiro! — secundou uma outra rapariga.

— Que menina inteligente! — disse Belétski e beijou a rapariga, que tentou escapar. — Mas é você que tem de servir — insistiu Belétski dirigindo-se a Mariana. — Sirva o seu inquilino.

Ele a pegou pela mão, levou-a até o banco e fez com que ela se sentasse ao lado de Olénin.

— Que linda! — disse ele virando a cabeça de Mariana de perfil.

Mariana não se opôs, sorriu orgulhosamente e virou seus olhos alongados para Olénin.

— Linda rapariga — tornou a dizer Belétski.

"Veja como sou linda!", como que repetiu o olhar de Mariana.

Olénin, sem se dar conta do que estava fazendo, abraçou Mariana e quis beijá-la.

Ela se arrancou bruscamente, derrubou Belétski e uma tampa da mesa e deu um pulo para o lado da lareira. Começou uma gritaria e gargalhadas. Belétski cochichou com as raparigas e, de repente, todas elas saíram correndo do quarto e trancaram a porta.

— Mas por que beijou Belétski e não quer me beijar?

— Simplesmente não quero e pronto — respondeu ela, levantando a sobrancelha e o lábio inferior. — Ele é o vovô — acrescentou com um sorriso.

Foi até a porta e começou a bater nela.

— Por que trancaram, suas diabas?

— Deixe elas lá e nós aqui — disse Olénin, aproximando-se dela.

Mariana carregou o cenho e com ar severo afastou-o de si com a mão.

E, novamente, ela lhe pareceu tão majestosamente bela que ele caiu em si e sentiu vergonha por seu comportamento. Chegou até a porta e tentou puxá-la.

— Belétski, abra! Que brincadeira besta é essa?

Mariana deu um riso alegre.

— Tem medo de mim?

— Mas você é tão brava quanto a sua mãe!

— E você deveria passar mais tempo com o tio Ierochka, as raparigas vão te amar mais ainda. — Ela sorria olhando diretamente para ele.

Ele não sabia o que dizer.

— E se eu frequentasse sua casa? — disse ele sem querer.

— Seria diferente — disse ela levantando a cabeça.

Nesse instante Belétski empurrou a porta e ela pulou, esbarrando com o quadril na perna de Olénin.

"Tudo o que eu pensava antes era besteira — o amor, a abnegação, Lukachka. Só existe uma felicidade: quem está feliz, está com a razão", passou pela sua cabeça. E com uma força inesperada para ele mesmo, Olénin abraçou Mariana e beijou-a na têmpora e na face. Mariana não se zangou, apenas riu alto e saiu correndo para junto das outras raparigas.

Com isso, a festinha acabou. A mãe de Ústenhka voltou do trabalho, deu uma bronca em todos e pôs para fora as raparigas.

XXVI

"Sim", pensava Olénin voltando para a casa, "bastava eu soltar um pouco mais as rédeas que poderia me apaixonar loucamente por essa cossaca". Foi para a cama com esses pensamentos, mas achava que isso passaria e ele voltaria à vida de antes.

Mas a vida anterior não voltou. O relacionamento com Mariana mudou. O muro que os separava foi derrubado. Olénin cumprimentava-a toda vez que a encontrava.

O dono da casa, que veio receber o pagamento do aluguel e soube da riqueza e da generosidade de Olénin, convidou-o à sua casa. A velha o recebia com carinho e, depois do dia da festinha, ele passou a frequentar a casa dos senhorios e ficava com eles até altas horas da noite. Parecia viver na povoação à maneira antiga, mas dentro dele tudo se transtornara. O dia, ele passava caçando, mas por volta das oito, quando escurecia, ia à casa dos senhorios sozinho ou com o tio Ierochka. Os pais de Mariana acostumaram-se com ele e estranhavam quando ele não aparecia. Pagava bem pelo vinho e se mostrava uma pessoa tranquila. Vaniucha levava para ele o chá; ele se sentava no canto perto da lareira: a velha, sem se incomodar, fazia suas coisas; tomando chá ou mosto eles conversavam sobre a vida dos cossacos, ou perguntavam sobre a Rússia e Olénin contava. Às vezes, ele levava algum livro e ficava quieto, lendo. Mariana parecia uma cabrita selvagem, não tomava parte das conversas, subia no leito da lareira ou sentava-se no chão, encolhendo as pernas, num canto escuro. Mas Olénin via seus olhos, o rosto, ouvia seus movimentos e o estalo das sementes de girassol, sentia sua presença e todo seu ser atento mesmo quando lia ou falava. De vez em quando, sentia o olhar fixo nele e, encontrando o brilho de seus olhos, calava-se e olhava para ela. Então Mariana se escondia e ele, fingindo estar muito interessado na conversa com a velha, apurava o ouvido para sua respiração, seus movimentos e novamente esperava encontrar o olhar dela. Na presença de outros, ela ficava alegre e o tratava bem, mas a sós era brusca e rude. Às vezes, ele chegava antes que ela voltasse da rua: de repente ouviam-se os passos firmes, aparecia sua camisa azul no vão da porta e, quando entrava e em seus olhos surgia um sorriso meigo quase imperceptível, ele sentia alegria e medo.

Ele nada procurava e nada queria dela, mas a cada dia sua presença tornava-se mais indispensável.

Olénin acostumou-se tanto com a vida da povoação que o passado parecia-lhe totalmente estranho e o futuro, especialmente fora do mundo no qual ele vivia, não o interessava em absoluto. Recebendo cartas de casa, dos parentes e amigos, ele se ofendia ao perceber que eles se afligiam com ele, como se fosse uma pessoa perdida, enquanto ele considerava perdidos todos os que não levavam vida igual à sua. Estava convicto de que nunca se arrependeria de ter rompido com o seu passado e se instalado na povoação de modo tão original e isolado. Nas fortalezas e nas companhias, ele se sentia bem, mas somente

aqui, sob a asa do tio Ierochka, na floresta, na casa cossaca e, principalmente, com o pensamento voltado para Mariana e Lukachka, ele via claramente toda aquela falsidade na qual vivera antes, que já o indignara lá, e que agora havia se tornado indizivelmente nojenta e ridícula. A cada dia, sentia-se mais livre e mais gente. O Cáucaso era completamente diferente daquilo que ele imaginara. Não encontrou ali nada parecido com seus sonhos nem com as descrições que tinha ouvido ou lido. "Não há nada de *burkas*, precipícios, Amalat-bekes, heróis ou facínoras", pensava ele. "As pessoas vivem como vive a natureza: nascem, morrem, casam-se, nascem novamente, bebem, comem, alegram-se, brigam, morrem outra vez e nada de condições além daquelas irrevogáveis, que a natureza impôs ao sol, à relva, aos bichos e árvores. Eles não têm outras leis..." E por isso essas pessoas, em comparação com ele, pareciam-lhe belas, fortes e livres. Olhando para elas, sentia vergonha de si e tristeza. Frequentemente ocorria-lhe a ideia de largar tudo, alistar-se no regimento cossaco, comprar uma casa, gado, casar-se com uma cossaca — mas não com Mariana, que ele cedia a Lukachka — e viver do lado do tio Ierochka, caçar na companhia dele, pescar e sair em campanha junto com os cossacos. "Por que não faço isso? O que estou esperando?", perguntava-se ele. E ele se incitava e se censurava: "Será que tenho medo de fazer aquilo que considero racional e justo? Será que ser um simples cossaco, viver junto à natureza e ainda fazer o bem para os outros é mais tolo que sonhar com ser ministro ou coronel?"

Mas uma voz dizia-lhe para esperar e não se decidir. Impedia-o a dúvida de que era capaz de se entregar por completo à vida que levavam Ierochka e Lukachka, porque tinha uma outra felicidade, impedia-o a ideia de que a felicidade consiste na abnegação. O caso com Lukachka deu-lhe muita satisfação. Ele não parava de procurar uma ocasião de se sacrificar pelos outros, mas essa ocasião não surgia. Às vezes, ele se esquecia dessa receita da felicidade que descobrira e sentia-se capaz de se unir à vida do tio Ierochka; mas de repente caía em si, agarrava-se à ideia da abnegação consciente e, apoiando-se nela, olhava com tranquilidade e orgulho para as pessoas e para a felicidade alheia.

XXVII

Numa noite, antes da colheita da uva, Lukachka veio à casa de Olénin. Parecia mais garboso do que comumente.

— E aí, por que não se casa? — perguntou-lhe Olénin.

Lukachka esquivou-se da pergunta.

— Troquei o seu cavalo por um outro! E que cavalo! Cabardino, da coudelaria Lov.[36]

O dois examinaram e testaram o cavalo. O cavalo era realmente muito bom: comprido e largo, de pelo baio, brilhante, com o rabo basto e a crina tenra, de raça. Tão bem nutrido que se podia deitar e dormir em cima dele, como disse Lukachka. Os cascos, os olhos, os dentes, tudo era bonito e bem marcado como nos cavalos puro-sangue. Olénin não conseguia tirar os olhos do corcel. Nunca tinha visto no Cáucaso um bonitão como aquele.

— E como anda! — disse Lukachka, passando a mão pelo pescoço do animal. — Como corre! E é inteligente! Segue o dono por toda parte.

— Quanto deu a mais? — perguntou Olénin.

---

[36] N. de L. N. Tolstói: Marca do criador de cavalos cabardinos Lov, considerados os melhores no Cáucaso.

— Nem contei — respondeu Lukachka sorrindo. — Consegui através de um amigo.

— Uma maravilha de cavalo! Quanto quer por ele? — perguntou Olénin.

— Ofereceram-me cento e cinquenta moedas, mas para você dou de graça — respondeu Lukachka, com muita jovialidade. — É só dizer que eu tiro a sela e deixo aqui. Pode me dar qualquer um para o serviço.

— Não, de modo algum.

— Então, aceite um presente — disse Lukachka tirando um dos dois punhais que estavam atrás do cinto. — Arranjei do outro lado do rio.

— Bem, obrigado.

— A minha mãe ficou de lhe trazer uvas.

— Não precisa. Acertaremos depois. Pois nem vou lhe oferecer dinheiro pelo punhal.

— E como poderia? Somos amigos! Guirei-kham levou-me para casa e disse: escolha o que quiser. Escolhi o punhal. A nossa lei é assim.

Os dois entraram na casa e beberam.

— Vai ficar por aqui? — perguntou Olénin.

— Não, vim me despedir. Agora me transferiram da barreira para a centúria, atrás do Térek. Estou indo hoje, junto com Nazarka, meu companheiro.

— E como fica o casamento? Quando será?

— Voltarei logo, para os esponsais e depois, outra vez ao serviço — respondeu Lukachka com ar constrangido.

— Mas como assim? Nem verá a noiva?

— É! E de que me serve olhar para ela? Quando sair em campanha, procure na centúria por Lukachka Largão. O que tem de javalis naquele lugar! Matei dois. Levarei você. Bem, adeus! Deus o guarde.

Lukachka montou o cavalo e, sem passar na casa de Mariana, foi para a rua onde Nazarka estava à sua espera.

— E aí? Vamos fazer uma visitinha? — perguntou Nazarka, piscando o olho em direção à casa de Iamka.

— Ah, sim! Leve o meu cavalo para lá. E se eu demorar, dê feno para ele. De manhã estarei na centúria.

— E o cadete, deu mais algum presente?

— Não! Graças a Deus, dei-lhe o punhal de presente, senão, teria pedido o cavalo de volta — disse Lukachka descendo do cavalo e entregando-o a Nazarka.

Agachando-se debaixo da janela de Olénin, Lukachka esgueirou-se para o pátio e chegou até a janela da casa de Mariana. Já estava escuro. Mariana, só de camisola, penteava o cabelo, preparando-se para ir para a cama.

— Sou eu — sussurrou o cossaco.

O rosto de Mariana estava severo e indiferente, mas animou-se quando ela ouviu seu nome. Levantou o vidro e assomou, assustada e feliz.

— O quê? O que você quer? — disse ela.

— Destranque a porta, deixe-me entrar por um minuto. Estou com tanta saudade... Muita!

Ele abraçou a cabeça dela e beijou-a.

— Vá, abra.

— Não fale besteira! Não vou deixar você entrar. Vai ficar por quanto tempo?

Ele não respondia, só a beijava. E ela não fazia mais perguntas.

— Está vendo, pela janela não dá para te abraçar direito, não alcanço — disse Lukachka.

— Mariánuchka! — ouviu-se a voz da velha. — Com quem está falando?

Lukachka tirou o gorro e se agachou para não ser visto.

— Vá embora, rápido — sussurrou Mariana. — Lukachka passou, perguntou pelo pai.

— Então mande-o entrar.

— Já foi, disse que está com pressa.

Realmente, Lukachka saiu agachado para o pátio e dirigiu-se à casa de Iamka. Olénin foi o único a vê-lo. Ao tomar dois púcaros de mosto, ele e Nazarka saíram da povoação. A noite era quente, escura e silenciosa. Cavalgavam sem conversar, só ouviam-se os passos dos cavalos. Lukachka entoou a canção sobre o cossaco Mingal, mas calou-se antes de terminar a primeira estrofe e disse para Nazarka:

— Ela nem me deixou entrar.

— Ora! Eu sabia que não ia deixar. Ouça o que Iamka me contou: o cadete pegou a mania de ir à casa deles. O tio Ierochka gabou-se que cobrou-lhe uma espingarda por Mariana.

— Está mentindo! — disse Lukachka com raiva. — Ela não é disso. Senão, quebro as costelas desse velho diabo.

E ele entoou sua canção predileta:

Saiu voando o falcão do jardim do seu senhor
Atrás dele cavalgando foi o jovem caçador
Chamou ele o falcão para pousar em sua mão
Respondeu-lhe o falcão: não me soube segurar
Nem na jaula dourada, nem na sua destra mão.
E agora estou voando para o mar azul.
Vou matar um cisne branco para mim
E saciar-me com a carne, sua carne doce.

XXVIII

Era dia de esponsais na casa dos pais de Mariana. Lukachka veio à povoação, mas não passou na casa de Olénin. No fim da tarde, ele viu Lukachka, todo ataviado, entrar junto com a mãe na casa da noiva. E Olénin não foi assistir aos esponsais, apesar do convite do sargento. Sentia-se triste como nunca desde que chegara à povoação. Um pensamento o atormentava: por que Lukachka havia ficado tão frio com ele? Olénin enfurnou-se em casa e pôs-se a escrever o seu diário.

"Pensei muito e mudei muito nesses últimos tempos", escrevia ele, "e cheguei ao beabá. Para ser feliz é preciso apenas amar e amar com abnegação, amar tudo e a todos, expandir a teia de amor para todos os lados: pegar todos os que caírem nela. Assim eu peguei Vaniucha, tio Ierochka, Lukachka e Marianka".

Quando Olénin terminava esse trecho, entrou o tio Ierochka.

Ierochka estava no seu melhor estado de espírito. Poucos dias antes, Olénin passara na sua casa e o encontrou escorchando um javali com uma pequena faca. Tinha um ar feliz e orgulhoso. Os cães, entre eles seu predileto, Liam, estavam deitados perto dele e, abanando levemente o rabo, observavam seu trabalho. Os moleques, por trás da cerca, também olhavam para ele com respeito e não o provocavam como costumavam fazer. As mulheres, suas vizinhas, geralmente não muito gentis com ele, cumprimentavam-no e traziam-lhe ou uma jarra de mosto, ou de *kaimak*, ou até farinha. No dia seguinte, Ierochka, sentado no seu belicuete todo manchado de sangue, entregava a carne cortada – para uns por dinheiro, para outros por mosto. No seu rosto estava escrito: "Deus me ajudou, matei o bicho e agora o tio é procurado". Subentende-se que depois disso ele caíra na bebedeira, já fazia quatro dias, e continuou bebendo nos esponsais.

Na casa de Olénin, o tio Ierochka entrou bêbado de cair, com a cara vermelha, a barba desgrenhada, mas de casaco vermelho novo, agaloado, e com uma balalaica[37] que trouxera da margem tchetchena. Havia tempo que ele prometera dar esse prazer a Olénin e agora estava bem disposto. Ao ver Olénin escrevendo, ficou triste.

— Escreva, escreva, irmão — disse ele sussurrando e sentou-se quieto no chão. Achava que entre Olénin e o papel havia algum espírito e tinha medo de espantá-lo. Quando o tio Ierochka estava embriagado, sua posição predileta era sentado no chão. Olénin olhou para ele, mandou lhe servir vinho e continuou escrevendo. Mas não tinha graça nenhuma beber sozinho, o que o tio Ierochka queria era conversar.

— Estive nos esponsais. Mas são uns porcos! Não quero nada com eles! Vim para cá.

— Onde arranjou a balalaica? — perguntou Olénin sem parar de escrever.

---

37 N.E.: Instrumento musical russo semelhante ao bandolim.

— Estive atrás do rio, arranjei lá — disse ele em voz baixa. — Sou mestre em tocar música: tártara, cossaca, dos senhores e dos soldados, o que quiser. — Olénin mais uma vez olhou para ele, deu um risinho e continuou escrevendo.

Seu sorriso animou o velho.

— Mas deixa pra lá, irmão! Deixa pra lá! Sim, ofenderam você, mas não ligue para eles! Escrevendo, escrevendo! De que serve? — E ele imitou Olénin: tamborilou com os dedos no chão e fez uma careta de desprezo. — Pra que escrever chicanas? Divirta-se que é melhor, seja um moço bravo!

Na cabeça do velho não havia outra noção sobre o ato de escrever a não ser escrever chicanas.

Olénin deu uma risada. Ierochka também. Ele se levantou do chão de um pulo e começou a mostrar sua arte de tocar balalaica e cantar canções tártaras.

— Escrever pra que, gente boa? É melhor escutar o que vou cantar. Quando morrer, não poderá ouvir. Divirta-se!

Primeiro ele cantou uma cançoneta de sua própria autoria acompanhando-a de um sapateado.

Ah, di-di-di-to-to-to!
Onde ele foi visto?
Na banca, na feira,
Vendendo sujeira.

Depois uma canção ensinada a ele por um suboficial, antigo amigo seu:

Na segunda, apaixonei-me,
Na terça, sofri,
Na quarta, eu me abri,

Na quinta, aguardava a resposta,
Na sexta, veio a decisão,
De que não há consolação,
E no sábado resolvi
Acabar com a minha vida.
Mas, para salvar a alma,
No domingo, mudei de ideia.

E outra vez:

Ah, di-di-di-to-to-to!
Onde ele foi visto?

Depois, dando piscadelas, levantando os ombros e dançando, cantou:

Vou beijar, vou abraçar,
Com um laço amarrar,
Vou chamá-la de Esperança.
Ah, querida Esperança,
Se é verdade que me ama,
Vou fazer uma festança!

Ele se empolgou tanto que pulava e dançava como um jovem, sozinho, pelo quarto inteiro.

As cançonetas *di-di-di* e outras semelhantes ele cantou só para divertir Olénin, mas depois de tomar mais três copos de mosto lembrou-se dos tempos passados e cantou as verdadeiras canções tártaras e cossacas. No meio de uma canção, a que ele mais gostava, sua voz tremeu, ele se calou e só dedilhava a balalaica.

— Ah, meu amigo, meu amigo!

Olénin, estranhando sua voz, virou-se para ele: o velho estava chorando. Seus olhos estavam cheios de lágrimas. Mas somente uma correu pela face.

— Passaram-se meus bons tempos, não voltam mais — disse ele, soluçando. — Beba! Por que não está bebendo? — gritou ele de repente com sua voz ensurdecedora.

Uma canção de Tavlin[38] comovia-o especialmente. De poucas palavras, mas cujo encanto estava todo no refrão: "Ai! Dai! Dalalai!" Ierochka traduziu a letra:

— Um jovem saiu da aldeia para as montanhas. Vieram os russos, queimaram a aldeia, mataram todos os homens, levaram as mulheres para o cativeiro. O jovem voltou das montanhas: no lugar da aldeia, um vazio. Não encontrou sua mãe, os irmãos e nem a casa. Sobrou apenas uma árvore. O jovem sentou-se debaixo da árvore e chorou. — Fiquei só, como você — disse ele e cantou "Ai! Dai! Dalalai!". Esse refrão tocante o velho repetiu várias vezes.

De repente, terminando de cantar o refrão, o velho pegou a espingarda da parede, saiu correndo para o pátio e atirou para cima com os dois canos. E mais uma vez cantou com muita tristeza: "Ai! Dai! Dalalai, a-a! Ai! Dai! Dalalai!" e calou-se. Olénin, que tinha saído atrás dele à soleira, olhava para o céu estrelado onde brilharam os dois tiros. Na casa dos senhorios havia luzes, ouviam-se vozes. Perto da soleira e das janelas aglomeravam-se raparigas. Alguns cossacos não aguentaram, saíram ululando, secundando o refrão e os tiros do tio Ierochka.

— Por que não está nos esponsais? — perguntou Olénin.

— Deixa eles, deixa eles! — disse o velho que parecia ter sido ofendido lá por alguém ou por alguma coisa. — Não gos-

---

38 N.T.: Suposto autor da canção.

to! Não gosto! Ê, que gente! Vamos entrar! Eles têm a festa deles e nós, a nossa.

Olénin voltou para a casa.

— E Lukachka? Está feliz? Não vai passar aqui?

— Ora, Lukachka! Mentiram para ele que eu estou jogando a rapariga dele para cima de você — disse o velho, baixinho. — Mas será nossa se quisermos, é só dar mais dinheiro e será nossa! Arranjo isso para você, juro.

— Não, tio, o dinheiro nada pode fazer quando não há amor. É melhor nem falar disso.

— Não somos amados, você e eu, somos órfãos! — disse de repente o tio Ierochka e chorou novamente.

Olénin bebeu mais do que normalmente, ouvindo as histórias do velho. "Então, o meu Lukachka está feliz", pensava ele. Mas sentia tristeza. O velho bebeu tanto naquela noite que tombou no chão e Vaniucha teve que chamar soldados para lhe ajudar a levar o velho. Estava com tanta raiva do velho pelo seu mau comportamento que não disse nada em francês.

XXIX

Era agosto. Por vários dias seguidos, não havia uma nuvem sequer no céu. O sol abrasador era insuportável e o vento, quente desde muito cedo, levantava areia e a levava através dos juncos, árvores e povoações. A relva e a folhagem das árvores foram cobertas pela poeira; os caminhos e os terrenos salgados ficaram duros. As águas do Térek baixaram e as que entravam nas valas secavam rapidamente. No açude, perto da povoação, as margens lodosas, pisoteadas pelo gado, ficaram descobertas. De lá chegavam vozes de moleques e de raparigas o dia todo. Secava o junco, secava a barba-de-bode na estepe e o gado, mugindo, corria para os campos. Os bichos iam embora para os juncais longínquos e para as montanhas. Mosquitos e pernilongos formavam nuvens sobre os lugares baixos e as povoações. As montanhas estavam fechadas por uma neblina cinzenta. O ar era rarefeito e malcheiroso. Os abreques atravessavam o rio baixo e rondavam desse lado. O pôr do sol era quente e vermelho.

Era a hora mais tensa de trabalho. Os melanciais e vinhedos fervilhavam de gente. Nos pomares cheios de plantas trepadeiras, havia sombra e frescor. Por entre as folhas negrejavam os pesados cachos maduros. Carroças rangentes, abarrotadas de uva preta, seguiam uma atrás da outra pelos caminhos cheios de poeira e cachos caídos e esmagados pelas rodas.

 Moleques e meninas, de camisas manchadas de suco de uva, com uva nas mãos e na boca corriam atrás das mães. Caminhavam empregados domésticos esfarrapados com cestas de uva nos ombros fortes. Soldados, encontrando as carroças, pediam uva e as cossacas subiam nas carroças em movimento, pegavam uma braçada e a jogavam na aba de seus capotes. Em alguns quintais, a uva já estava sendo amassada. O ar cheirava a bagaço de uva. Debaixo dos alpendres, nas tinas cor de sangue, os empregados nogaios, de calças arregaçadas e panturrilhas tingidas, pisoteavam a uva. Os porcos, grunhindo, devoravam o bagaço e rolavam nele. Os telhados planos das *isbuchkas* estavam cheios de cachos de âmbar preto secando ao sol. Perto das *isbuchkas*, gralhas e pegas bicavam as sementes e voavam de um lugar a outro.

 Os frutos de um ano de trabalho estavam sendo colhidos com muita alegria e dessa vez tinham sido bons e abundantes. Nos pomares sombreados por um mar de uvas, ouviam-se risos e cantos de mulheres e viam-se, entre a folhagem verde, as cores fortes de suas roupas.

 Ao meio-dia, Mariana estava sentada à sombra de um pessegueiro e tirava o almoço de sua família guardado debaixo da carroça desatrelada. À sua frente, num xairel estirado no chão, estava seu pai, o sargento, recém-chegado da escola, lavando as mãos com a água de uma jarra. O menino, seu irmão, que veio correndo do açude, enxugando-se, olhava ora para a mãe, ora para a irmã, esperando ansiosamente pelo almoço. A velha, de mangas arregaçadas, mostrando os braços bronzeados, colocava na mesinha tártara, redonda e baixa, o peixe seco, *kaimak* e pão. O sargento, ao enxugar as mãos, tirou o gorro, persignou-se e acercou-se da mesa. O menino pegou a jarra e avidamente começou a matar sua sede. A mãe e a filha sentaram-se à mesa. Mesmo na sombra, fazia um calor insuportável. O vento forte e quente não refrescava, apenas curvava os ramos de pessegueiros, pereiras e amoreiras. O sargento persignou-se mais uma vez, pegou a jarra com mosto coberto com uma folha de vinha, tomou um gole do gargalo e passou-a para a mulher. Ele estava em mangas de camisa que, desabotoada na parte de cima, expunha seu peito musculoso e peludo. Seu rosto fino e malicioso estava alegre. Não havia nada daquela sua costumeira diplomacia nem na pose e nem na fala. Estava bem-humorado e espontâneo.

— Será que vai dar para terminar até a noite? — disse ele enxugando a barba.

— Vai, se o tempo não atrapalhar — respondeu a velha.
— Os Demkins não colheram nem a metade — acrescentou ela. — Ústenhka está trabalhando sozinha, está se matando.

— Isso não é para eles! — disse o velho com ar de superioridade.

— Tome, Mariánuchka! — disse a velha, passando a jarra para a filha. — Se Deus quiser, teremos o suficiente para festejar as bodas.

— Ainda tem chão pela frente — disse o sargento, franzindo levemente o cenho.

A rapariga abaixou a cabeça.

— O que está falando? — disse a velha. — O assunto já foi resolvido e a hora não está longe.

— Não antecipe — disse o sargento. — Agora precisamos terminar a colheita.

— Você viu o novo cavalo de Lukachka? — perguntou a velha. — Aquele que Mítri Andréich lhe deu, não tem mais: trocou por um outro.

— Não, não vi, mas hoje conversei com o servo do inquilino. Diz que eles receberam mil rublos, de novo.

— É um ricaço mesmo — confirmou a velha.

A família estava alegre e satisfeita. O trabalho avançava bem. Colhiam mais uvas, muito mais do que eles esperavam.

Depois do almoço, Mariana deu capim aos bois, dobrou seu casaco para servir de travesseiro e deitou-se na grama debaixo da carroça. Estava apenas de camisola vermelha, com um lenço de seda na cabeça e camisa desbotada de chita azul, mas sentia muito calor. Seu rosto ardia, os pés não achavam lugar, os olhos umedecidos pelo sono e cansaço; os lábios ficavam abertos sem querer e o peito respirava com dificuldade levantando-se alto.

A temporada da colheita começara havia duas semanas e o trabalho pesado ocupava toda a vida da rapariga. Levantava-se com o amanhecer, lavava o rosto com água fria, punha o lenço e corria descalça para o estábulo. Depois, às pressas, punha as sapatilhas, vestia o casaco e, com um pedaço de pão numa trouxinha, atrelava os bois e ia aos pomares para ficar o dia inteiro. Lá ela descansava apenas uma hora. Cortava os cachos, carregava as cestas e de noite voltava à povoação, alegre e animada, puxando os bois pela corda e aguilhoando-os com a vara. Já ao crepúsculo, após guardar o gado, pegava sementes de girassol e ia para a esquina tagarelar e rir com as raparigas. Mas logo que chegava a escuridão, voltava para casa, jantava com os pais e o irmão, subia no leito da lareira e, quase cochilando, ouvia as conversas com o inquilino. Bastava ele ir embora que ela se jogava na cama e caía num sono profundo. No dia seguinte era a mesma coisa. Ela não via Lukachka desde o dia dos esponsais e tranquilamente esperava o dia do casamento. Acostumou-se com o inquilino e sentia com prazer seus olhares atentos.

XXX

Apesar de não haver lugar para se esconder do calor, dos enxames de mosquitos que esvoaçavam na sombra debaixo da carroça, do irmão que a empurrava ao se virar, Mariana, com o lenço na cabeça, estava quase dormindo quando, de repente, veio Ústenhka, enfiou-se debaixo da carroça e deitou-se ao seu lado.

— Vamos dormir, meninas! Dormir! — disse Ústenhka ajeitando-se. — Espere — disse ela, levantando-se —, assim não dá.

Ela cortou uns ramos, prendeu-os nas rodas da carroça e ainda os cobriu com o casaco.

— Deixe-me ficar aqui — disse ela para o menino. — O lugar dos cossacos não é perto das raparigas. Vá embora.

Ao ficar sozinha com a amiga, Ústenhka abraçou-a, apertou-se contra ela e começou a beijá-la nas faces e no pescoço.

— Irmã, querida! — dizia ela com sua voz fininha, e ria.

— Aprendeu com o vovozinho. — disse Mariana, tentando se afastar dela. — Pare com isso!

As duas riram tão alto que a mãe ralhou com elas algumas vezes.

— Está com inveja? — perguntou Ústenhka em sussurro.

— Sua mentirosa! Deixe-me dormir. Para que veio?

Mas Ústenhka não sossegava.

— Tenho uma coisa para te dizer!

— Dizer o que?

— O que sei sobre o teu inquilino.

— Não há o que saber — respondeu Mariana.

— Ah, sua marota! — disse Ústenhka rindo e dando uma cotovelada nela. — Não me conta nada. Ele vai à sua casa?

— Sim. E daí? — disse Mariana e, de repente, corou.

— Eu sou uma rapariga simples. Posso confessar a todo mundo. Por que vou esconder? — dizia Ústenhka, e seu rosto risonho e corado tornou-se pensativo. — Faço mal para alguém, por acaso? Eu o amo e pronto!

— O vovozinho?

— É claro.

— Mas é pecado! — objetou Mariana.

— Ah, Máchenhka! E quando vamos nos divertir se não agora, enquanto estamos livres? Casando com um cossaco, vou ter filhos, passar por privações. Você, por exemplo, vai se casar com Lukachka e nem poderá sonhar com alegrias, somente filhos e trabalho.

— Bem, mas há quem viva bem, mesmo casada. Tanto faz! — respondeu tranquilamente Mariana.

— Mas conte, o que houve entre você e Lukachka?

— Ora, o que houve! Pediu-me em casamento. Meu pai adiou por um ano. Mas hoje disseram que seria no outono.

— Mas o que ele te disse?

Mariana sorriu.

— Sei lá. Disse que me ama. Pedia que eu fosse com ele ao pomar.

— Olha só que grude! E você não foi, certamente. Mas ele virou um bravo rapaz! O melhor ginete. Está farreando na centúria. O nosso Kirka[39] voltou esses dias, disse que Lukachka arranjara um outro cavalo, e que cavalo! Mas deve estar com saudades de você. E o que mais ele disse? — perguntou Ústenhka.

— Está querendo saber demais — riu Mariana. — Uma noite chegou a cavalo, bêbado. Pediu para entrar.

— E você? Deixou?

— Ora! Só faltava! Já disse uma vez que não e assim será. Minha palavra é firme como pedra — respondeu Mariana em tom sério.

— Mas é um rapaz formidável! Nenhuma rapariga o desprezaria, é só ele querer!

— Que procure outras — respondeu Mariana com ar altivo.

— Não tem pena dele?

— Tenho, mas não faço bobagem. Isso é ruim.

Ústenhka abraçou Mariana, pôs a cabeça no seu peito e tremeu com o riso que a sufocava.

— Mas que bobona você é! — disse ela. — Recusa a sua própria felicidade! — E começou a fazer cócegas na amiga.

— Ai, pare! — dizia Mariana rindo e dando gritinhos.

— Oh, diacho, estão se divertindo, não cansam — ouviu-se de novo a voz sonolenta da velha.

— Não quer sua felicidade — repetiu Ústenhka aos sussurros. — Mas é uma felizarda, juro por Deus! É rude, mas todo mundo te ama. Ah, se eu estivesse no seu lugar, enrolaria esse inquilino! Quando esteve na minha casa, vi como ele te devorava com os olhos. Até meu vovozinho me encheu de presentes! E o seu é o maior ricaço russo. O ordenança dele disse que tem até servos.

---

39 N.T.: Apelido de Kiril.

Mariana solevantou-se, ficou pensativa e sorriu.

— Ele, o inquilino, disse-me uma vez: gostaria de ser o cossaco Lukachka ou seu irmão Lazutka. Por que disse isso?

— Assim, inventando, falou o que veio na cabeça — respondeu Ústenhka. — O meu fala cada coisa! Feito um doido!

Mariana jogou a cabeça no casaco dobrado, a mão no ombro de Ústenhka e fechou os olhos.

— Hoje quer vir trabalhar no pomar, meu pai o convidou — disse Mariana, ficou quieta e dormiu.

XXXI

O sol já havia saído de trás da pereira que sombreava a carroça e seus raios, mesmo passando por entre os ramos pendurados por Ústenhka, queimavam os rostos das raparigas que estavam dormindo debaixo da carroça. Mariana acordou e amarrou o lenço na cabeça. Ao olhar em volta, viu atrás da pereira o inquilino de espingarda nas costas, conversando com o seu pai. Ela deu uma cotovelada em Ústenhka e sorrindo, sem falar nada, apontou para Olénin.

— Ontem andei e não achei nenhum — dizia Olénin, olhando com inquietação para os lados.

— Mas vá para aquele canto, direto pelo compasso. Lá, num jardim abandonado, chama-se baldio, sempre há lebres — disse o sargento, mudando sua maneira de falar.

— Não é fácil achar lebres na temporada de trabalhos! É melhor que venha nos ajudar! Trabalhar com as raparigas! — disse a velha em tom alegre. — Ei, meninas, levantar! — gritou ela.

Mariana e Ústenhka, debaixo da carroça, cochichavam e mal continham o riso.

Desde que ficou sabido que Olénin dera o cavalo de presente para Lukachka, os donos da casa ficaram mais afáveis com ele, especialmente o sargento, que olhava com benevolência para a aproximação dele e de sua filha.

— Mas eu não sei trabalhar — disse Olénin procurando não olhar para a ramagem, onde notara a camisa azul e o lenço vermelho de Mariana.

— Venha que eu lhe dou pêssegos secos — disse a velha.

— É uma bobagem das velhas, antigo costume cossaco de hospitalidade — disse o sargento, explicando as palavras da velha —, acho que na Rússia come-se à vontade não apenas os pêssegos secos, mas doce de ananás e outras coisas.

— Quer dizer que no pomar abandonado há lebres? — perguntou Olénin. — Vou dar uma chegada lá — disse e, lançando um olhar rápido através dos ramos, soergueu o gorro e desapareceu entre as fileiras verdes.

O sol já havia se escondido atrás da cerca dos vinhedos e brilhava com raios fragmentados através das folhas quando Olénin voltou. O vento diminuiu e o frescor começou a se difundir entre as videiras. Ainda de longe, instintivamente, ele reconheceu a camisa azul de Mariana entre as cepas e, pegando uvas, aproximou-se dela. Seu cão, com a boca salivosa, também pegava cachos que pendiam na parte de baixo. Mariana, com o rosto corado, de mangas arregaçadas e o lenço até o queixo, cortava rapidamente os cachos e os colocava na cesta. Sem soltá-la das mãos ela parou, sorriu e continuou fazendo seu trabalho. Olénin jogou a espingarda nas costas, para desocupar as mãos. "Deus lhe ajude. Onde estão os seus? Está sozinha?" queria dizer ele, mas não disse e apenas soergueu o gorro. A sós com Mariana ele se sentia embaraçado, mas como que torturando a si mesmo de propósito, aproximou-se dela.

— Desse jeito pode acertar as mulheres com essa espingarda — disse Mariana.

— Não, eu não estava atirando.

Os dois ficaram calados.

— Posso ajudar.

Ele tirou um canivete e começou a cortar os cachos mantendo silêncio.

Ao achar no meio das folhas um cacho pesado, de umas três libras, com uvas grudadas uma na outra, mostrou-o a Mariana.

— Corto inteiro? Estarão maduras?

— Passe para cá.

Suas mãos se tocaram. Olénin pegou na sua mão e ela, sorrindo, olhava para ele.

— Vai se casar logo? — perguntou ele.

Sem responder, Mariana lançou-lhe um olhar severo e virou o rosto.

— Você ama Lukachka?

— E você com isso?

— Tenho inveja.

— Ora!

— Verdade, você é tão bonita!

E de repente sentiu vergonha pelo que disse. Suas palavras lhe pareceram vulgares demais. Ele corou, e pegou as duas mãos de Mariana.

— Seja como for, não sou para você. Por que ri? — respondeu ela, mas seu olhar dizia saber muito bem que ele não estava rindo.

— Rir? Se você soubesse como eu...

As palavras pareceram-lhe mais vulgares ainda, mais dissonantes com aquilo que sentia, mas ele prosseguiu:

— Nem sei o que sou capaz de fazer por você...

— Seu grude, me deixe!

Mas o seu rosto, o brilho de seus olhos, seu peito alto e pernas esbeltas diziam outra coisa. Parecia-lhe que ela entendia a vulgaridade do que ele dizia, mas estava acima dessas considerações e que ela já sabia há tempos tudo o que ele quis dizer e não soube, mas queria ouvir como ele lhe diria isso. "E como não ia saber", pensava Olénin, "se eu quis lhe dizer apenas o que ela já sabia? Mas ela não quis entender e não quis responder".

— Olá! — ouviu-se por perto a voz e o riso fino de Ústenhka.

— Mítri Andréitch, venha me ajudar. Estou sozinha! — gritou ela para Olénin e sua carinha redonda e ingênua apareceu entre a folhagem.

Olénin não respondeu e não saiu do lugar.

Marianka continuava cortando os cachos, porém olhava a todo instante para o inquilino. Ele tentou dizer mais alguma coisa, mas calou-se, deu de ombros, puxou a espingarda mais para cima e, a passos rápidos, foi embora.

XXXII

Umas duas vezes ele parou, escutando os risos e gritos de Mariana e Ústenhka. Olénin passou a tarde toda na floresta, mas não caçou nada e com o crepúsculo voltou para casa. Quando passava pelo pátio, a porta da *isbuchka* estava aberta e ele viu nela a camisa azul. Chamou por Vaniucha em voz alta propositalmente, avisando a sua chegada, e sentou-se em seu lugar habitual na soleira. Os donos da casa já haviam voltado do vinhedo; saíram da *isbuchka* e foram para sua casa, mas não o convidaram. Mariana saiu para além do portão duas vezes. Olénin avidamente seguia com o olhar todos os seus movimentos, mas não ousou se aproximar dela. Quando ela entrou na casa, ele desceu da soleira e começou a andar pelo pátio. Mas Mariana já não saiu mais. A noite toda Olénin passou sem dormir, no pátio, apurando o ouvido para cada som vindo da casa dos senhorios. Ouviu-os conversar, jantar, tirar os colchões para dormir, ouviu Mariana rir e depois tudo se aquietar. O sargento cochichava com a velha, alguém respirava. Ele voltou para casa. Vaniucha estava dormindo sem ter tirado a roupa. Olénin sentiu inveja dele e novamente foi vagar pelo pátio na esperança de alguma coisa acontecer. Mas ninguém saiu, ninguém se mexeu; ouvia-se apenas a respiração regular de três pessoas. Ele conhecia e escutava a respiração de Mariana e sentia as batidas do seu coração.

A povoação estava calma. A lua crescente apareceu tardia e ficou mais visível o gado nos quintais, que lentamente deitava e se levantava resfolegando. Olénin perguntava-se com raiva: "O que estou esperando?" Mas não conseguia interromper a sua vigília. De súbito, ouviu claramente os passos e o ranger das tábuas do assoalho na casa dos senhorios. Ele se precipitou em direção à porta, porém não ouviu nada além de uma respiração regular. De repente, a búfala deu um suspiro profundo: ela se levantava, colocando-se nos joelhos dianteiros, e depois nas quatro patas, abanando o rabo; alguma coisa bateu no barro seco do quintal – a búfala deitou-se dando outro suspiro na bruma noturna...

"O que eu faço?", perguntava-se Olénin e decidiu ir dormir. Mas outra vez ouviram-se sons e Mariana surgia na sua imaginação saindo para a noite nebulosa; outra vez ele se lançou à janela e outra vez ouviu os passos. Já antes de amanhecer ele chegou à janela, deu um empurrão nos contraventos e correu para a porta da casa. Ouviu de fato um suspiro de Mariana e seus passos. Pegou na maçaneta e bateu na porta. Um leve ranger do assoalho e passos cautelosos de pés descalços estavam se aproximando da porta. A tranca mexeu-se, a porta abriu-se, sentiu-se o cheiro de abóbora e toda a figura de Mariana apareceu no limiar. Na luz da lua, ele a viu apenas por um instante. Ela bateu a porta, murmurou algo e correu a passos leves para dentro de casa. Olénin voltou à janela e pôs-se a escutar. De repente, uma voz esganiçada masculina surpreendeu-o.

— Muito bem! — disse um cossaco baixinho, de gorro branco, aproximando-se de Olénin. — Muito bem! Eu vi!

Olénin reconheceu Nazarka e ficou calado sem saber o que fazer e o que dizer.

— Muito bem! Vou ao conselho da povoação, provo tudo e conto para o pai dela. Olhe só como é a filha do sargento. Um é pouco para ela!

— O que você quer? O que quer de mim? — articulou Olénin.

— Nada. Só vou à chefia e conto.

Nazarka falava alto e, talvez, de propósito.

— Vejam, que cadete esperto!

Olénin tremia e empalidecia.

— Venha cá! Venha! — Ele o pegou pela mão com força e levou até a sua casa. — Mas não houve nada, ela não me deixou entrar e eu não... Ela é honesta...

— Eles vão ficar sabendo...

— Mas eu te dou... Espere!

Nazarka ficou calado. Olénin foi correndo para a casa e trouxe dez rublos para o cossaco.

— Não houve nada, mas mesmo assim sou culpado, por isso lhe dou! Só que, pelo amor de Deus, ninguém saiba. E não houve nada...

— Felicidades — disse Nazarka rindo e foi embora.

Naquele dia Nazarka, a pedido de Lukachka, estava procurando lugar para um cavalo roubado e, passando perto, ouviu os passos. No dia seguinte, quando voltou à centúria, gabando-se, contou para o companheiro com que facilidade conseguiu dez moedas. Na manhã seguinte, Olénin se encontrou com os donos da casa — ninguém ficou sabendo de nada. Com Mariana ele não conversou e ela só dava risinhos olhando para ele.

Ele passou mais uma noite em claro, rodando o pátio em vão. O dia seguinte ele esteve na floresta, caçando, e de noite foi à casa de Belétski para fugir de si mesmo. Tinha medo de si e resolveu não frequentar mais a casa dos senhorios. Na noite seguinte, Olénin foi acordado pelo suboficial. A companhia saía em incursão. Olénin achou ótima essa ocasião e pensou em não voltar mais para a povoação.

O reide durou quatro dias. O chefe quis se encontrar com Olénin, que era seu parente, e lhe propôs ficar no estado-maior. Mas Olénin se recusou. Não podia mais viver fora da sua povoação e pediu para voltar. Pelo reide, ele ganhou a cruz de soldado que ele tanto desejara. Agora estava completamente indiferente à condecoração e mais ainda à patente de oficial e à promoção que ainda não recebera.

Ele e Vaniucha voltaram à povoação algumas horas antes da companhia. Ficou a tarde inteira sentado na soleira, olhando para Mariana e novamente passou a noite toda andando pelo pátio sem nenhum propósito, nem ideia.

XXXIII

No dia seguinte, Olénin acordou tarde. Os donos da casa já haviam saído. Ele não foi caçar e ora pegava algum livro, ora saía na soleira, voltava para dentro e ia para a cama. Vaniucha achou que ele estava doente. À tarde, Olénin levantou-se resolutamente e se pôs a escrever, e assim ficou até altas horas da noite. Escreveu uma carta, mas não a enviou porque ninguém entenderia o que ele quis dizer e não havia por que alguém, além do próprio Olénin, entender aquilo. Eis o que ele escreveu:

"Recebo da Rússia cartas de compadecimento; receiam que eu me acabe nesse fim de mundo e comentam sobre mim: 'Ele vai se tornar rude, desatualizado de tudo, cair na bebedeira e pode até acontecer que se case com uma cossaca'. Não foi à toa que Ermólov[40] disse: quem serve dez anos no Cáucaso ou se entrega à bebedeira, ou casa-se com uma mulher depravada. Ai, que horror! Realmente, tomara que não me perca, porque poderia ter a felicidade de me tornar marido da condessa B***, cortesão de alta classe ou decano da nobreza! Como vocês são miseráveis e nojentos para mim!

---

40 N.T.: A. P. Ermólov (1777-1861), general de infantaria, nos anos 1816-1827 foi comandante do corpo de exercito no Cáucaso.

É preciso ao menos uma vez tentar experimentar a vida em toda sua beleza natural. É preciso ver e entender aquilo que eu vejo diariamente: as neves eternas e inacessíveis das montanhas e uma mulher majestosa de uma beleza que deve ter tido a primeira mulher que saiu das mãos do Criador e então ficará claro quem está perdido e quem vive na verdade ou na mentira – vocês ou eu. Se soubessem como vocês me dão pena e nojo com essa sua ilusão! Basta eu imaginar, no lugar de minha casa rústica, minha floresta e meu amor, essas salas de visita, essas mulheres com cabelos engomados e madeixas postiças, esses lábios com sorrisos artificiais, esses membros deformados, fracos e escondidos e esse balbucio das salas de visita com pretensão de conversa, sem nenhum direito a isso – sinto uma repulsa insuportável. Imagino essas caras obtusas, essas noivas ricas com uma expressão que diz: "Pode chegar perto, venha, venha, apesar de eu ser rica"; esse servilismo, alcovitice descarada, fofocas, fingimento; essas regras de a quem deve se estender a mão e a quem apenas se dá um aceno de cabeça, com quem se conversa ou não e, no fim das contas, esse eterno tédio já no sangue que passa de geração a geração (e tudo conscientemente, com a convicção de que isso é necessário). Entendam ou acreditem numa coisa. É preciso ver e entender o que é a verdade, o que é a beleza e então tudo o que vocês falam e pensam, todos os seus votos de felicidade para mim ou para si mesmos darão em nada. Felicidade é estar com a natureza, vê-la e falar com ela. 'Deus o livre de casar com uma simples cossaca, estará completamente perdido para a sociedade' – eu vos imagino falando de mim, com um compadecimento sincero. Enquanto isso é justamente o que eu desejo: perder-me de vez em vosso sentido, casar-me com uma simples cossaca, mas não ouso, porque seria o cúmulo da felicidade que eu não mereço.

Passaram-se três meses desde que vi Mariana pela primeira vez. Os conceitos e preconceitos daquele mundo, do qual eu vim, ainda estavam dentro de mim. Eu não acreditava que pudesse amar essa mulher. Eu a admirava como admiro a beleza das montanhas e do céu, admirava-a porque é bela como eles. Depois, percebi que a contemplação da sua beleza tornou-se uma necessidade na minha vida. E comecei a me indagar: será que eu a amo? Mas não achei dentro de mim nada parecido com esse sentimento assim como eu o imaginava. Esse sentimento não se parecia com a saudade, solidão, desejo do convívio matrimonial e muito menos com o amor lascivo. Eu precisava vê-la, ouvi-la, saber que ela estava por perto e não é que eu me sentia feliz, e sim tranquilo. Depois da festinha na qual estive perto dela e toquei nela, senti que entre nós existe uma ligação indissolúvel, embora não reconhecida, contra a qual não se pode lutar. Mas eu ainda lutava; eu me dizia: será que é possível amar uma mulher que nunca entenderia os interesses espirituais da minha vida? Será que é possível amar uma mulher somente pela beleza, amar uma mulher-estátua? – perguntava eu a mim mesmo e já a amava, embora não acreditasse no meu sentimento.

Depois da festinha, na qual pela primeira vez falei com ela, o nosso relacionamento mudou. Antes, ela era para mim um objeto da natureza externa, alheio, mas imponente; depois da festinha, ela passou a ser gente para mim. Eu me encontrava e conversava com ela, às vezes ia ver seu pai no trabalho, e noites inteiras passei em sua casa. E mesmo nesse relacionamento próximo, ela continuava sendo para mim tão pura, inacessível e majestosa quanto antes. A tudo ela sempre respondia com a mesma serenidade, dignidade e alegria indiferente. Às vezes era mais afável mas, em geral, todo seu olhar e todo movimento expressavam essa indiferença, não desdenhosa, mas que subjuga e fascina. Todo dia, com um sorriso fingido, eu tentava me insinuar de alguma maneira e com o coração atormentado pela paixão e pelo desejo, eu brincava falando com ela. Ela via que eu estava fingindo, mas olhava diretamente para mim com simplicidade e alegria. Essa situação tornou-se insuportável para mim. Eu não queria mais fingir na frente dela, queria lhe dizer tudo o que penso e o que sinto. Um dia, isso aconteceu no vinhedo, eu estava extremamente agitado. Comecei a lhe falar do meu amor, mas com palavras que me dão vergonha só de lembrar. Vergonha, porque não devia ousar pronunciá-las, porque ela está muito acima dessas palavras e do sentimento que eu quis expressar com elas. Eu não queria me humilhar mantendo aquele relacionamento de brincadeirinha e sentia que não havia amadurecido para um relacionamento simples e direto com ela. Em desespero, perguntava-me: o que eu faço? Em meus sonhos absurdos eu a imaginava ora como minha amante, ora como a minha esposa e com repulsa eu rejeitava as duas ideias. Fazer dela uma amante seria horrível. Seria um assassinato. Fazer dela senhora, esposa de Dmítri Andréitch Olénin, como uma das cossacas casada com um dos nossos oficiais, seria pior ainda. Mas se eu pudesse me transformar em cossaco, num Lukachka, roubar cavalos, embebedar-me com mosto, cantar, matar gente e, bêbado, penetrar no seu quarto pela janela por uma noite, sem me perguntar: "quem sou e por que existo?", então seria outra coisa, então nós nos entenderíamos e eu poderia ser feliz. Tentei levar esse tipo de vida e senti ainda mais intensamente minha fraqueza e o meu desvio espiritual. Não podia esquecer de mim e do meu passado desarmonioso, complexo e deturpado. E imagino o meu futuro mais irremediável ainda. Todo dia vejo diante de mim essas montanhas nevadas e essa mulher magnífica e feliz. Mas não é para mim essa felicidade, a única possível no mundo, e não é para mim essa mulher! O mais terrível e o mais doce nessa minha situação é que eu a entendo, mas ela jamais me entenderá. Não me entenderá não porque é inferior a mim, ao contrário, ela não deve me entender. Ela está feliz; ela, como a natureza, é equilibrada, serena e vive dentro de si. Enquanto eu, uma criatura disforme e fraca, quero que ela entenda a minha deformidade e meus sofrimentos. Eu varava noites sem dormir debaixo de suas janelas e nem me dava conta do que se passava comigo. No dia dezoito, a nossa companhia saiu em reide. Três dias fiquei fora da povoação. Sentia-me triste e indiferente a tudo. No destacamento, as canções, o baralho, as bebedeiras, as conversas sobre as condecorações eram para mim mais abomináveis ainda do que habitualmente.

Hoje estou em casa, de volta, vi Mariana, vi o tio Ierochka; da minha soleira, vi as montanhas nevadas e me senti tão feliz que entendi tudo: eu amo essa mulher, amo de verdade, amo pela primeira e única vez na minha vida. Eu sei o que há comigo. Eu não tenho medo de me rebaixar com o meu sentimento, não me envergonho do meu amor, orgulho-me dele. Não tenho culpa de ter me apaixonado. Aconteceu contra a minha vontade. Eu fugia do meu amor na abnegação, inventava a minha felicidade no amor entre Lukachka e Mariana e com isso só incitava o meu amor e ciúme. Isso não é o amor ideal, chamado sublime, que eu sentia antes; não é aquele sentimento de atração quando você admira o seu amor, sente dentro de si a fonte dele e age sozinho. Já passei por isso também. Não é um desejo de prazer, é algo diferente. Talvez nela eu ame a natureza, a personificação de tudo que é belo na natureza. Mas não por minha própria vontade. Através de mim, ela é amada por uma força espontânea, o mundo de Deus, a natureza toda imprime esse amor na minha alma e diz: ame. Eu a amo não com a cabeça ou imaginação. Eu a amo com todo meu ser. Amando-a, eu me sinto uma parte inseparável de todo o mundo feliz. Escrevi antes sobre minhas novas convicções, às quais cheguei em minha vida solitária; mas ninguém sabe com que dificuldade elas se formaram dentro de mim, com que felicidade tomei consciência delas e vi um novo caminho aberto na minha vida. Dentro de mim não havia nada mais precioso que essas convicções... E aí... veio o amor, elas não existem mais e eu não lamento. Até é difícil para mim entender como podia dar tanto valor ao raciocínio frio e unilateral. Veio a beleza e todo aquele trabalho interno, vital, trabalho egípcio, que deu em nada. E eu não lamento esse desaparecimento! A abnegação – é tolice, absurdo. Apenas o amor próprio, refúgio da infelicidade merecida, abrigo da inveja da felicidade alheia. Viver para o outro, fazer o bem! Para quê? Se no meu coração só existe amor a mim mesmo e um só desejo – amá-la, viver com ela e viver a vida dela. Não para outros, não para Lukachka eu desejo a felicidade, nesse momento. Agora eu não gosto mais desses outros. Antes, eu me diria que isso é mau. Ficaria atormentando-me com as perguntas: o que acontecerá com ela, comigo, com Lukachka? Agora, tanto faz para mim. Eu não vivo por mim mesmo, há algo mais forte que dirige a minha vida. Estou sofrendo agora, mas antes eu estava morto e somente agora comecei a viver. Hoje vou à sua casa e direi tudo a ela."

XXXIV

Ao terminar a carta, já à noite, Olénin foi à casa dos senhorios. A velha estava sentada no banco torcendo fios. Mariana, perto de uma vela, estava costurando. Ao ver Olénin, levantou-se de um salto, pegou o lenço e foi até a lareira.

— Fique conosco, Mariánuchka — disse a mãe.

— Não, estou com a cabeça descoberta. — Subiu e sentou-se no leito da lareira. Olénin estava vendo apenas os joelhos e suas esbeltas pernas.

Olénin ofereceu chá à velha, ela lhe ofereceu *kaimak* e mandou Mariana buscá-lo. Mas, ao colocar o prato na mesa, Mariana tornou a se retirar no leito da lareira e Olénin sentia somente o seu olhar. A conversa girava em torno da economia doméstica. Vovó Ulita entusiasmou-se e desdobrava-se como nunca em hospitalidades. Trouxe uva em calda, panqueca com uva, o melhor vinho, oferecendo tudo isso a Olénin com aquele orgulho indisfarçado de gente simples e rude que ganha o pão com suas próprias mãos.

A velha, que no início tanto surpreendeu Olénin com sua grosseria, agora o comovia com a ternura que sentia pela filha.

— Não posso me queixar, temos de tudo, graças a Deus! Provemos bastante mosto e conservas, venderemos três barris e ainda vai sobrar para nós. Não tenha pressa de ir embora, festeje as bodas conosco.

— E quando serão as bodas? — perguntou Olénin, sentindo o coração disparar e o sangue subir ao rosto.

No leito da lareira houve um movimento e ouviu-se o estalo da casca de sementes de girassol.

— Pois é, seria na semana que vem. Estamos prontos — respondeu a velha de uma maneira simples, tranquila, como se Olénin não estivesse lá e não existisse nesse mundo. — Já preparei tudo para Mariánuchka. Vamos dar um bom enxoval. Só que tem uma coisa: o nosso Lukachka caiu na farra. Caiu de vez! E faz coisas que não deve. Outro dia veio um cossaco da centúria, disse que ele tinha ido a Nogan.

— Tomara que não seja pego — disse Olénin.

— Eu também lhe disse: tome cuidado, Lukacha, não fique de brincadeira! Bem, pode-se entender: ele é jovem, ostenta sua valentia. Mas para tudo tem seu tempo. Já arrebatou, roubou, matou o abreque, bravo! Agora sossegue. Senão, vai se dar mal.

— Sim, eu o vi duas vezes no destacamento. Continua pandegando. Vendeu mais um cavalo — disse Olénin e olhou para a lareira.

Os grandes olhos negros brilhavam para ele severamente e com animosidade. Ele se sentiu envergonhado pelo que disse.

— E daí? Ele não prejudica ninguém — disse Mariana de repente. — Está pandegando com seu dinheiro. — Ela saltou da lareira, saiu e bateu a porta com força.

Enquanto ela estava dentro da casa, Olénin a seguia com os olhos e depois olhava para a porta, esperando ela voltar, e não entendia nada do que falava a vovó Ulita. Poucos minutos depois chegaram visitas: um velho, irmão da vovó Ulita, o tio Ierochka e, em seguida, Ústenhka e Mariana.

— Como foi o dia? — perguntou Ústenhka com sua voz fininha. — Continua passeando?

— Sim, continuo — respondeu ele e sentiu-se embaraçado, sem entender por quê.

Ele queria ir embora e não podia. Ficar calado também lhe parecia impossível. O velho ajudou: pediu bebida e os dois beberam. Depois Olénin bebeu com o tio Ierochka. Depois com o outro cossaco. E de novo com Ierochka. E quanto mais Olénin bebia, mais peso ele sentia no seu coração. Mas os velhos entraram na farra. As raparigas subiram para o leito da lareira e cochichavam, olhando para eles. Olénin não falava e bebia mais do que todos. Os cossacos falavam gritando, a velha mandava-os embora e não servia mais mosto. As raparigas riam do tio Ierochka e já eram umas dez horas quando os homens saíram para a soleira. Resolveram continuar a farra na casa de Olénin e Ierochka levou o outro cossaco para Vaniucha. Ústenhka saiu e correu para a casa. A velha foi arrumar as coisas na *isbuchka*. Olénin sentiu-se bem disposto como se acabasse de acordar. Ele reparava em tudo e, ao dar passagem aos cossacos, que desceram da soleira, voltou para a casa. Mariana preparava-se para dormir. Ele se aproximou dela, quis lhe dizer algo, mas perdeu a voz.

Mariana sentou-se no colchão, de pernas cruzadas, afastou-se dele para um canto e olhava para ele de um jeito estranho. Tinha medo dele. Olénin percebeu isso. Sentiu pena dela, vergonha por si e, ao mesmo tempo, satisfação vendo que ao menos incitava nela esse sentimento.

— Mariana! — disse ele. — Será que nunca terá pena de mim? Nem sei dizer o quanto eu te amo.

Ela se afastou para mais longe ainda.

— Veja só o que o vinho fala. Não terá nada de mim!

— Não, não é o vinho. Não se case com Lukachka. Eu me caso com você. — "O que estou falando?", pensou ele enquanto pronunciava essas palavras. "Direi o mesmo amanhã? Direi, certamente direi e vou repetir agora", respondeu-lhe a voz interior. — Casaria comigo?

Ela olhou para ele com seriedade e seu medo parecia ter passado.

— Mariana! Eu vou enlouquecer. Estou desesperado. Faço o que você mandar... Mariana! — E as palavras loucas de ternura saíam sozinhas.

— Por que mente? — interrompeu-o Mariana e o pegou pela mão que ele lhe estendia. E, em lugar de empurrá-la, apertou-a fortemente com seus dedos duros. — Será que os senhores se casam com as raparigas simples? Vá embora!

— Mas você casaria comigo? Eu, tudo o que...

— E o que vamos fazer com Lukachka? — disse ela rindo.

Ele arrancou sua mão da mão dela e abraçou seu jovem corpo. Mas Mariana, como uma gazela, pulou e, descalça, saiu correndo para a soleira.

Olénin caiu em si e ficou horrorizado consigo. Mais uma vez ele se sentiu repugnante comparado a ela. Mas sem se arrepender nem por um instante das palavras ditas, foi para casa, nem olhou para os velhos que estavam bebendo, deitou-se e caiu num sono profundo como não tivera há muito tempo.

XXXV

O dia seguinte era de festa. Todos saíram para a rua de roupas de gala que brilhavam aos raios do ocaso. A safra do vinho foi muito maior do que de costume. O povo já estava livre dos trabalhos. Dentro de um mês, os cossacos sairiam em campanha, em muitas famílias preparavam-se bodas.

Na praça, em frente ao Conselho Administrativo da povoação e perto de duas vendas – uma de petiscos e outra de lenços e tecidos – havia mais gente do que em outros lugares. Em volta da casa do Conselho, estavam sentados ou em pé os velhos, de casacos pretos ou cinzas, sem galões e adornos. Com vozes tranquilas, eles conversavam sobre safras, trabalhos públicos e tempos passados, sobre a nova geração, olhando para os jovens com imponência e indiferença. Passando por eles, as mulheres e raparigas detinham-se e abaixavam a cabeça. Os cossacos jovens diminuíam o passo e tiravam o gorro. Os velhos paravam de conversar, olhavam para eles, uns com severidade, outros com simpatia, e também tiravam e colocavam devagar seus gorros. As mulheres, de casacos de cores vivas e lenços brancos, ainda não tinham começado a brincar de roda, formavam grupinhos nos lugares sombreados, ficavam sentadas no chão e nos bancos de terra das casas, tagarelavam e riam com vozes sonoras. A garotada jogava bola, lançando-a alto para o céu claro, e corriam com algazarra pela praça. Num outro canto da praça, as meninas adolescentes já brincavam de roda e entoavam canções com vozes finas e tímidas. Os escreventes, os licenciados e os jovens cossacos que vieram para a festa, de casacos circassianos agaloados, brancos e vermelhos e, com caras alegres, passavam em dois ou três de um grupinho feminino a outro, brincavam e namoricavam as cossacas. O dono da venda, armênio, portando casaco circassiano de tecido azul fino e com galões, estava à porta aberta, através da qual se viam pilhas de lenços coloridos, e esperava pelos compradores com o orgulho de comerciante oriental e a consciência de sua importância. Dois tchetchenos de barbas ruivas, descalços, vindos da outra margem do Térek para apreciar a festa, estavam sentados de cócoras perto da casa de um conhecido. Fumavam cachimbos pequenos e, observando o povo, trocavam sons guturais. De quando em quando, por entre os grupos pitorescos, passava depressa um soldado de capote velho. Em alguns lugares, já se ouvia o canto bêbado dos cossacos. Todas as casas estavam trancadas, as soleiras tinham sido lavadas na véspera. Nas ruas secas, entre a poeira, viam-se cascas de sementes de melancia e de abóbora. O ar estava quente e parado, a cadeia branca de montanhas roseava no céu azul banhada pelos raios do ocaso e parecia estar perto, bem atrás dos telhados. De vez em quando, chegava do lado do rio o ruído surdo de um tiro de canhão, mas sobre a povoação pairavam sons alegres e festivos.

A manhã inteira, Olénin andou pelo pátio na esperança de encontrar Mariana. Mas ela, ao se arrumar, foi assistir à missa na capela; depois ficou com as raparigas na rua, comendo sementes de girassol, ou entrava em casa por uns instantes com as amigas e olhava para ele com sorriso e carinho. Olénin tinha medo de falar com ela na presença de outras pessoas. Ele queria concluir o que falava na noite anterior e conseguir dela uma resposta definitiva. Esperava aquela ocasião, como na véspera, mas essa ocasião não surgia e ele não tinha mais forças para continuar nessa situação indefinida. Mariana saiu para a rua novamente e, logo em seguida, ele foi procurá-la, sem ter ideia para onde iria. Passou a esquina da rua: lá estava ela, sentada, brilhando com seu casaco de cetim azul, e ele ouviu pelas costas as risadas das moças, doloridas como uma punhalada no coração.

A casa de Belétski ficava na praça. Passando por ela, Olénin ouviu a voz dele: "Entre" – e entrou.

Ao trocar algumas palavras, sentaram-se ao pé da janela. Logo juntou-se a eles o tio Ierochka, de casaco novo, e sentou-se no chão.

— Aquelas lá são as aristocratas — disse ele sorrindo e apontando com o cigarro aceso para um grupinho na esquina. — E a minha também está lá, estão vendo? A de casaco vermelho. É roupa nova.

— Por que não brincam de roda? — gritou Belétski, assomando da janela. — Vamos sair quando escurecer. Depois as convidaremos para ir à casa de Ústenhka. Precisamos fazer um baile para elas.

— Também vou à casa de Ústenhka — disse Olénin com firmeza. — Mariana irá?

— Irá, venha! — disse Belétski sem se surpreender. — Mas é muito bonito! — acrescentou ele olhando para a multidão de cores variegadas.

— Sim, muito! — concordou Olénin, tentando se mostrar indiferente. — O que me surpreende nessas festas é por que somente numa data, o dia quinze, por exemplo, todos, de repente, ficam felizes? Sente-se festa em tudo: nos olhos, rostos, vozes, movimentos, até o ar e o sol, tudo é festivo. E nós já não temos mais festas.

— Sim — disse Belétski, que não gostava de entrar em divagações desse tipo. — Por que não está bebendo, velho? — dirigiu-se ele ao tio Ierochka.

Ierochka deu uma piscadela a Olénin.

— É orgulhoso esse seu amigo!

Belétski ergueu o copo.

— *Allah birdi* — disse ele e esvaziou o copo (*allah birdi* significa dado por Deus; é uma saudação tradicional, usada por caucasianos quando bebem acompanhados).

— *Sal bul* (saúde) — respondeu Ierochka com um sorriso e entornou o seu. — Você diz: festa! — disse ele a Olénin, levantou-se do chão e olhou pela janela. — Isso aí é o que você chama de festa?! Precisava ver como festejávamos antigamente! As mulheres saíam vestidas de *sarafans*[41], todas agaloadas. No peito, colares dourados de duas voltas, na cabeça, *kokóchnik*[42] dourado. Quando passavam: Fru! Fru! Fazia um barulho! Toda mulher era uma rainha! Saíam numa manada inteira, começavam a cantar e não cessavam a noite toda. E os cossacos rolavam os barris para o pátio e bebiam até o amanhecer. Ou davam-se as mãos e iam pela povoação arrastando consigo todos que encontravam, iam na casa de

---

41 N.T.: Vestido de camponesas russas, sem mangas, usado por cima de blusa com mangas compridas.
42 N.T.: Adorno em forma de coroa com frente mais alta, enfeitada com bordado, contas e miçangas.

um, depois do outro. Farreavam três dias. Lembro-me do meu pai que voltava todo vermelho, inchado, sem o gorro, perdia tudo, chegava e deitava. A minha mãe já sabia: dava-lhe caviar fresco, mosto para tirar a ressaca, e corria pela povoação procurando o seu gorro. Ele ficava dois dias dormindo! Isso que era gente! E agora, é o quê?

— E as raparigas de *sarafans*? Divertiam-se sozinhas? — perguntou Belétski.

— Sim, sozinhas! Às vezes, os cossacos, a pé ou a cavalo, diziam: "Vamos quebrar as rodas das raparigas!", e iam, mas elas os recebiam com pauladas. No carnaval, por exemplo, se um cossaco chegava a cavalo, davam pauladas nele e no cavalo também. Ele rompia a roda, pegava a sua amada e a levava. "Meu bem, meu amor!" Tamanha era a vontade de amar. E que raparigas eram! Princesas!

XXXVI

Nesse instante, de uma das ruas, apareceram na praça dois cavaleiros. Um deles era Nazarka, o outro, Lukachka. Lukachka estava montado de lado no seu cavalo cabardino baio, que andava com leveza pelo solo duro e levantava orgulhosamente sua linda cabeça. A espingarda encapada nas costas e a *burka* enrolada atrás da sela diziam que estava voltando de um lugar longínquo e nada pacífico. O seu modo faceiro de montar, o movimento negligente do braço com o látego batendo de leve na barriga do cavalo e, principalmente, o brilho de seus olhos negros, semicerrados e atentos a tudo ao redor, expressavam a consciência da força e da independência do jovem. "Já viram um bravo rapaz como eu?", parecia dizer seu olhar. O cavalo esbelto, o arreio decorado com prata e a beleza do próprio cossaco chamaram a atenção de todos que estavam na praça. Nazarka, magrelo e baixinho, não estava vestido tão bem como Lukachka.

— Roubou muitos cavalos nogaios? — perguntou um velhinho magro com olhar sombrio.

— Por que pergunta? Você já deve ter contado, vovô — respondeu Lukachka e virou o rosto.

— É por isso que leva consigo o rapaz — disse o velho, mais sombrio ainda.

"Diacho, sabe de tudo!" disse a si mesmo Lukachka com expressão de preocupação no rosto; mas, ao olhar para um grupo de moças num canto da praça, virou seu cavalo em direção a elas.

— Boa tarde, raparigas! — gritou ele com sua voz sonora, fazendo o cavalo parar. — Envelheceram na minha ausência, suas bruxas — disse ele rindo.

— Boa tarde, Lukachka! — responderam-lhe vozes alegres. — Trouxe bastante dinheiro? Compre doces para as moças! Veio por quanto tempo? Faz tempo que não te vemos.

— Eu e Nazarka viemos para farrear essa noite — respondeu Lukachka, levantando o látego e avançando contra as raparigas.

— Marianka até te esqueceu — disse Ústenhka, cutucou a amiga e riu com sua voz fininha.

Mariana afastou-se do cavalo, jogou a cabeça para trás e fitou o cossaco serenamente, com um brilho em seus grandes olhos.

— Sim, faz tempo que não aparece! Por que nos atropela com o cavalo? — disse ela secamente e virou as costas.

O rosto de Lukachka irradiava audácia e alegria, mas a resposta fria de Mariana surpreendeu-o. Ele carregou o cenho.

— Ponha o pé no estribo, levarei você para as montanhas, meu bem! — disse ele, afugentando maus pensamentos e gineteando entre as raparigas. Ele se inclinou para Mariana. — Vou te beijar, vou te beijar muito!

Mariana encontrou o olhar dele, ficou ruborizada de repente e deu um passo para trás.

— Deixe-me em paz! Vai esmagar meus pés — disse ela e olhou para suas pernas esbeltas de meias azuis e as novas sapatilhas vermelhas enfeitadas com um fino galão prateado.

Lukachka dirigiu-se a Ústenhka e Mariana sentou-se do lado de uma cossaca com um bebê no colo. O bebê estendeu a mãozinha fofa a Mariana e se agarrou ao seu colar, que estava por cima do casaco azul. Mariana inclinou-se ao bebê e lançou um olhar para Lukachka. Nesse momento, Lukachka tirou de um bolso do casaco saquinhos com doces e sementes de girassol.

— Para todas vocês — disse ele, entregou o saquinho a Ústenhka e, com um sorriso, olhou para Mariana.

O embaraço novamente refletiu-se no rosto da rapariga. Seus lindos olhos ficaram como que enevoados, ela abaixou a cabeça para o rostinho do bebê e começou a beijá-lo sofregamente. O bebê começou a gritar e empurrar com as mãozinhas o peito de Mariana.

— Vai sufocar o menino — disse a mãe, afastou a criança de Mariana e começou a desabotoar o casaco para lhe dar de mamar. — É melhor você beijar um rapaz.

— Só vou guardar o cavalo e voltaremos para farrear a noite toda — disse Lukachka, açoitou o cavalo e foi embora acompanhado de Nazarka.

Entraram numa rua lateral e pararam perto de duas casas que ficavam lado a lado.

— Finalmente conseguimos, irmão! Volte logo! — gritou Lukachka ao companheiro, descendo do cavalo e levando-o pelo portão ao pátio de sua casa.

— Como vai, Stepka! — dirigiu-se ele à irmã, que também vestida de gala voltou da rua para guardar o cavalo. Com sinais, Lukachka explicou a ela que desse feno ao cavalo, mas não tirasse a sela. A mudinha bramiu e estalou os lábios apontando para o cavalo e deu um beijo no seu focinho. Isso significava que ela gostava do cavalo e que ele era bom.

— Boa tarde, mamãe! Nem saiu para a rua ainda? — gritou Lukachka subindo a escada da soleira.

A velha abriu-lhe a porta.

— Nem imaginava te ver — disse a mãe. — Kirka avisou que você não viria.

— Traga o mosto, mamãe. Nazarka virá para festejarmos.

— Já vai, Lukacha, já vai — respondeu ela — A mulherada toda está na rua. A nossa mudinha também deve ter ido.

E, ao apanhar as chaves, a velha foi para a *isbuchka*.

Nazarka guardou o seu cavalo, tirou a espingarda e foi à casa de Lukachka.

XXXVII

— À saúde! — disse Lukachka, pegando das mãos da velha a chávena cheia de mosto e cuidadosamente levou-a à boca.

— Tem um coisa — disse Nazarka. — O velho Burlak disse: "Roubou muitos cavalos?" Ficou sabendo, pelo visto.

— É um bruxo! — respondeu laconicamente Lukachka. — E daí? — acrescentou ele e sacudiu a cabeça. — Já estão atrás do rio. Tente achar.

— Mesmo assim, isso não é bom.

— O que não é bom? Amanhã leve mosto para ele. É assim que se faz. Agora à farra. Beba! — gritou Lukachka com a mesma maneira do tio Ierochka. — Vamos para a rua, às raparigas. Vá comprar o mel, ou posso mandar a mudinha. Vamos nos divertir até amanhã de manhã.

Nazarka estava sorrindo.

— Traga vodca! Tome o dinheiro!

O obediente Nazarka foi correndo à casa de Iamka.

O tio Ierochka e Ierguchov, como aves de rapina, já sentiram onde estava a farra e entraram na casa um atrás do outro, ambos embebedados.

— Traga mais meio balde! — gritou Lukachka para a mãe em resposta aos cumprimentos deles.

— Então, conte, diacho! Onde foi que roubou? — disse o tio Ierochka. — Bravo! Adoro você!

— Hum, adora! — respondeu Lukachka, rindo. — Mas fica levando doces às raparigas da parte dos cadetes! Ê, seu velho!

— Não é verdade, não é! Ê, Marka! — O velho riu. — O quanto aquele diabo me pediu! Dizia: vá, faça alguma coisa. Oferecia dinheiro. Eu poderia fazer, mas tenho pena de você. Bem, conte! Onde esteve? — E o velho começou a falar em tártaro. Lukachka respondia vivamente. Ierguchov, que não sabia bem o tártaro, só dizia algumas palavras de vez em quando, fazendo coro.

— Eu disse que levou os cavalos. Tinha certeza.

— Fomos junto com Guireika. — Chamar Guirei-khan de Guireika demonstrava a galhardia do cossaco. — Atrás do rio. Ele disse que conhecia bem a estepe toda, que nos levaria diretamente para o lugar, mas saímos numa noite muito escura e ele perdeu o rumo. Levava-nos para um lado e para outro à toa. E não encontrava a aldeia de jeito nenhum. Depois pegamos mais à direita. Ficamos procurando quase até meia-noite. Encontramos graças aos cachorros, que começaram a uivar.

— Seus bobos — disse tio Ierochka. — De noite nós também vagueávamos na estepe. Que diabo! Aí eu subia num outeiro e uivava à maneira do lobo solitário. Foi assim! (Ele juntou as palmas da mão perto da boca e uivou como uma matilha de lobos numa só nota.) E os cães respondiam. Bem, continue. Acharam, afinal?

— Logo em seguida. E Nazarka foi pego pelas mulheres nogaias, verdade!

— Sim, pegaram-me — disse Nazarka com ar ofendido, que acabava de voltar.

— Quando saímos da aldeia, Guireika se confundiu outra vez. Em lugar de ir em direção ao Térek, levou-nos para o lado oposto.

— Você tinha de se guiar pelas estrelas.

— É o que eu sempre digo — secundou Ierguchov.

— Mas como, se estava escuro? Tentei de tudo! Enfreei uma égua e soltei o meu cavalo; pensei: ele vai me levar. E o que você acha? Bufou, bufou, cheirou a terra... Disparou e nos trouxe direto para a povoação. Já estava amanhecendo, só tivemos tempo de esconder os cavalos na floresta.

Veio Naguim e os levou para lá do rio.

Ierguchov balançou a cabeça.

— E eu digo: bem feito! E quanto?

— Está tudo aqui — disse Lukachka, batendo no bolso.

Nesse instante, a velha entrou na casa e Lukachka não disse mais nada.

— Beba! — gritou ele.

— Uma vez, eu e Guirtchik saímos bem tarde...

— Ah, não dá para ouvir todas as suas histórias! — disse Lukachka. — Eu vou sair.

Ele virou a taça, apertou o cinto e foi para rua.

XXXVIII

Já estava escuro quando Lukachka saiu. A noite outonal era fresca e sem vento. De trás dos escuros álamos piramidais, num dos lados da praça, subia a dourada lua crescente. Das chaminés das *isbuchkas* saía fumaça e, juntando-se com a neblina, estendia-se sobre a povoação. Em algumas janelas, acendiam-se luzes. No ar, flutuava o cheiro do esterco queimado, do bagaço de uva e da cerração. O ruído de vozes falando, rindo e cantando e os estalos das sementes soavam também misturados, porém eram mais nítidos do que durante o dia. Perto de cercas e casas, viam-se na escuridão grupinhos de lenços e gorros brancos.

Na praça, frente à porta aberta de uma venda iluminada, negreja e branqueja a multidão de cossacos e raparigas, ouvem-se canto e risos. As raparigas de mãos dadas rodam cantando na praça empoeirada. Uma delas, magrela e feia, entoa uma canção:

Da floresta escura
Do jardim verde
Saíram dois rapazes
Dois rapazes solteiros

Iam andando e de repente pararam
Pararam e brigaram.
A seu encontro veio uma moça
Uma donzela bonita
Disse-lhes a donzela:
"Vou casar com um de vocês".
E casou com o rapaz branco,
rapaz branco e loiro.
Ele a pegou pela mão direita
E deu voltas com ela
A mostrar a seus companheiros,
e se gabar perante eles:
"Vejam, irmãos, que patroa,
Que patroa linda eu tenho!"

As velhas ficavam por perto ouvindo as canções. A criançada em volta apostava corridas.

Os cossacos mexiam com as raparigas da roda que passava por eles; às vezes rompiam a roda e entravam nela. Na sombra da porta aberta estavam Belétski e Olénin, de casacos circassianos e gorros, e conversavam com fala diferente da dos cossacos. Não falavam alto, mas sonoramente, e sentiam que chamavam atenção. Na roda, andava a gorduchinha Ústenhka, de casaco vermelho, e a majestosa Mariana, de camisa e casaco novos. Olénin e Belétski estavam falando sobre como tirar as duas da roda. Belétski achava que Olénin pretendia apenas se divertir, enquanto Olénin esperava a solução do seu destino. Queria ver Mariana a sós, custasse o que custasse, para lhe dizer tudo e perguntar se ela queria e podia ser sua esposa. Embora para ele essa questão já tivesse sido resolvida negativamente, alimentava a esperança de ter forças para lhe dizer tudo e sentia que ela o entenderia.

— Por que não me disse isso antes? — perguntou Belétski — Eu teria arranjado tudo através da Ústenhka. Você é muito estranho!

— Bem, um dia, muito em breve, vou lhe contar tudo. Mas agora, pelo amor de Deus, faça tudo o que for possível para que ela vá à casa de Ústenhka.

— Está bem. Isso é fácil...

— Então, vai se casar com o rapaz branco, Marianka? E não Lukachka? — disse ele, dirigindo-se primeiro a Marianka, sem obter resposta. Aproximou-se de Ústenhka e pediu que trouxesse consigo Marianka.

Mal terminou de falar, a roda andou e as moças entoaram outra canção:

> *Atrás do jardim, passeava um rapaz*
> *Caminhava pela rua e voltava,*
> *Na primeira vez, acenava com a mão,*
> *Na segunda vez, acenava com o chapéu*
> *Na terceira vez, parou e disse:*
> *"Eu queria ver meu bem*
> *E queria perguntar:*
> *Por que não passeia mais no jardim?*
> *Ou você me despreza, meu bem?*
> *Mas depois que você se acalmar,*
> *Vou mandar casamenteiros,*
> *Vou me casar com você*
> *E fazer você chorar."*
> *"Eu sabia o que dizer,*

Mas não ousava responder
Saí para o jardim
e lhe fiz a reverência:
"Receba, meu bem, a minha também
Pegue o lencinho nas suas brancas mãos
E queira me amar."
"O que faço eu agora?
Que presente vou lhe dar?
Vou lhe dar um xale
E por esse xale
Cinco beijos vou cobrar".

Lukachka e Nazarka romperam a roda, andavam entre as raparigas e Lukachka, agitando os braços, fazia coro.

— Bem, venha uma de vocês! — disse ele, colocando-se no centro da roda.

As raparigas começaram a empurrar Marianka, mas ela não quis sair. Ouviram-se risos, beijos, sussurros. Passando por Olénin, Lukachka fez lhe um aceno afável com a cabeça.

— Mítri Andréitch! Também veio ver? — disse ele.

— Sim — respondeu Olénin secamente.

Belétski sussurrou algo no ouvido de Ústenhka, ela não teve tempo de responder e, passando por ele na outra volta, disse:

— Está bem, iremos.

— Mariana também?

Olénin inclinou-se para Mariana.

— Você irá? Por favor, ao menos por um minuto. Preciso falar com você.

— Se as raparigas forem, irei.

— Vai responder a minha pergunta? Hoje você está alegre. Ela já estava se afastando, ele a seguiu.

— Dirá?

— Direi o quê?

— O que perguntei anteontem — disse ele no seu ouvido. — Casaria comigo?

Mariana pensou.

— Direi — disse ela —, hoje mesmo.

Na escuridão, seus olhos brilharam para ele com carinho e alegria. Olénin continuou acompanhando-a; falar no ouvido dela era uma felicidade. Mas Lukachka, sem interromper o canto, pegou-a pela mão e com um puxão forte levou-a para o centro da roda. Olénin só teve tempo de dizer: "Venha à casa de Ústenhka" — e voltou para perto de Belétski.

A canção terminou. Lukachka enxugou os lábios, Mariana também e eles se beijaram. "Não, cinco vezes!" – disse ele. Risos, falas e correria vieram suceder o canto e o movimento harmoniosos. Lukachka, bastante bêbado, começou a presentear as raparigas com doces.

— É para todas — dizia ele com ar presunçoso e, ao mesmo tempo, cômico e comovente. — Mas quem for passear com os soldados, fora da roda! — acrescentou ele, olhando com raiva para Olénin.

As raparigas pegavam os doces e, rindo, tentavam arrancá-los uma da outra. Olénin e Belétski distanciaram-se da multidão.

Lukachka tirou o gorro e, enxugando a testa, aproximou-se de Mariana e Ústenhka.

— *Ou você me despreza, meu bem?* — repetiu ele a letra da canção, mais uma vez, com olhar severo para Mariana. —

Você me despreza, meu bem? Quando casar, *vou fazer você chorar* — acrescentou ele, abraçando Mariana e Ústenhka juntas.

Ústenhka arrancou-se e bateu nas costas de Lukachka com tanta força que machucou o braço.

— Vão brincar de roda ainda? — perguntou ele.

— Se raparigas quiserem — respondeu ela —, mas eu vou para casa e Marianka também quer ir comigo.

O cossaco, abraçado com Mariana, levou-a até o canto escuro perto da casa.

— Não vá, Máchenhka — disse ele. — É a última vez que podemos nos divertir. Vá para sua casa, irei para lá.

— Vou fazer o que em casa? A festa é para se divertir. Vou à casa de Ústenhka.

— Pois mesmo assim vou me casar com você.

— Está bem — disse Mariana —, depois veremos.

— E aí, irá? — disse ele severamente e, apertando-a contra si, beijou-a na face.

— Me deixe em paz! Para que me amola?

Mariana escapou das mãos de Lukachka e se distanciou dele.

— Ê, rapariga... Isso vai acabar mal — disse Lukachka com exprobração e balançou a cabeça. — *Vou fazer você chorar.*

Virou as costas para Mariana e gritou para as raparigas:

— Brinquem de roda!

Mariana pareceu assustada e zangada com as palavras de Lukachka.

— O que vai acabar mal?

— Isso aí.

— Isso o quê?

— Que está saindo com o soldado, seu inquilino, e por isso deixou de me amar.

— Quis deixar e deixei. Você não é meu pai nem minha mãe. Amo quem eu quiser.

— Está bem, está bem! — disse Lukachka. — Mas lembre-se!

Lukachka aproximou-se da venda.

— Raparigas! — gritou ele. — Por que estão paradas? Brinquem mais uma roda! Nazarka! Corra, traga mais mosto.

— E aí, elas irão? — perguntou Olénin a Belétski.

— Irão logo — respondeu Belétski. — Vamo-nos, precisamos fazer os preparativos.

XXXIX

Já tarde da noite, Olénin saiu na soleira da casa de Belétski logo após terem saído Mariana e Ústenhka. O lenço da rapariga branquejava na rua escura. A dourada lua crescente descia para a estepe. Uma névoa prateada cobria a povoação. Tudo estava calmo. Não havia luzes, ouviam-se apenas os passos das raparigas se afastando. O coração de Olénin palpitava fortemente. O ar úmido refrescava seu rosto, que ardia. Ele olhou para o céu, para a casa da qual acabara de sair: lá, a vela se apagara. Ele procurou com o olhar as sombras das moças. O lenço branco sumiu na neblina. Teve medo de ficar sozinho: estava tão feliz! Ele saltou da soleira e correu atrás das raparigas.

— Deixe-nos! Alguém pode nos ver!
— Não faz mal!

Olénin abraçou Mariana. Ela não resistia.

— Já não se beijaram o suficiente? — disse Ústenhka. — Case primeiro, beije depois. Mas agora não.

— Adeus, Mariana, amanhã vou falar com seu pai. Eu mesmo direi a ele. Você, não diga nada.

— O que eu diria? — respondeu Mariana.

As raparigas puseram-se a correr.

Olénin foi andando sozinho, relembrando tudo o que aconteceu.

A noite toda, ele e Mariana ficaram sentados num canto perto da lareira. Ústenhka não saiu da casa nem por um minuto, estava com as outras moças e Belétski. Olénin sussurrava.

— Casaria comigo? — perguntou ele.

— Vai me enganar, não vai me esposar — respondeu ela tranquilamente e com ar alegre.

— Mas você me ama? Diga, pelo amor de Deus!

— E por que não? Você não é zarolho! — respondeu Mariana rindo e apertando as mãos de Olénin com seus dedos duros. — Como são brancas as suas mãos, brancas e macias como *kaimak* — disse ela.

— Eu não estou brincando, diga, você se casaria comigo?

— Por que não, se meu pai consentir?

— Saiba que vou enlouquecer se me enganar. Amanhã vou falar com seus pais e pedir o consentimento deles.

Mariana caiu na risada.

— O que houve?

— Nada, é engraçado.

— Falo sério! Vou comprar um pomar, uma casa, alistar-me como cossaco...

— Então, vê se não ama outras mulheres! Eu sou brava!

Olénin deliciava-se repetindo na sua imaginação todas essas palavras. As lembranças ora lhe causavam dor, ora prendiam de felicidade sua respiração. Dor porque, dizendo isso, Mariana estava tranquila como sempre. A nova situação não a emocionou nem um pouco. Era como se ela não acreditasse nele e não pensasse em seu próprio futuro. Parecia que ela o amava naquele momento presente, mas não via o seu futuro com ele. Sentia-se feliz porque suas palavras lhe pareciam ser verdadeiras e ela concordava em pertencer a ele. "Sim", dizia ele a si mesmo, "nós nos entenderemos só quando ela me pertencer inteiramente. Para esse amor não há palavras, é necessário a vida, toda uma vida. Amanhã tudo ficará claro. Não posso mais viver dessa maneira. Amanhã vou dizer tudo a seu pai, a Belétski, à povoação inteira..."

Lukachka, após duas noites sem dormir e beber muito na festa, pela primeira vez fora derrubado pelo sono, e passou a noite na casa de Iamka.

XL

No dia seguinte, Olénin acordou antes da hora costumeira e seu primeiro pensamento foi sobre o que o esperava pela frente, a lembrança dos beijos dela, o aperto de suas mãos duras e as palavras: "Como as suas mãos são brancas!" Ele pulou da cama pretendendo ir imediatamente até os donos da casa e pedir Mariana em casamento. O sol não havia subido ainda, mas Olénin percebeu que havia uma agitação estranha na rua: pessoas falavam, andando a pé e a cavalo. Ele vestiu o casaco circassiano e saiu na soleira. Cinco cossacos a cavalo passavam discutindo alto. Na frente, estava Lukachka montado no seu cabardino. Os cossacos gritavam todos ao mesmo tempo e não era possível entender direito exatamente o que se passava.

— Vá para o posto de cima! — gritava um.

— Monte rápido e nos alcance! — dizia outro.

— Por aquele portão fica mais perto!

— Que nada — gritou Lukachka —, tem que sair pelo portão do meio!

— Isso, por ali é mais perto — disse um cossaco todo empoeirado, montado num cavalo coberto de espuma.

O rosto de Lukachka estava vermelho e inchado depois da farra. O gorro jogado para trás. Seus gritos eram imperativos, como se ele fosse o comandante.

— O que houve? Para onde vão? — perguntou Olénin, conseguindo com dificuldade chamar a atenção dos cossacos.

— Vamos caçar os abreques, eles se entrincheiraram na estepe. Estamos indo, mas temos pouca gente ainda.

E eles continuaram andando pela rua, chamando os cossacos. Olénin pensou que ficaria mal se ele não se juntasse a eles. Ele se vestiu, carregou a espingarda com balas, montou o cavalo selado por Vaniucha às pressas e alcançou os cossacos na saída da povoação. Eles, agrupados a pé, encheram uma taça de madeira com mosto, trazido num barrilzinho, e passavam-na de um para outro, tomando tragos para dar sorte. Entre eles, estava um jovem sargento, janota, que por acaso encontrava-se na povoação e assumiu o comando dos nove cossacos reunidos. Porém, apesar do seu ar de chefe, os cossacos, que eram soldados rasos, obedeciam a Lukachka. Ninguém prestava atenção em Olénin. Quando todos estavam montados, Olénin aproximou-se do sargento e começou a lhe fazer perguntas e este, habitualmente afável, tratou-o de cima. A muito custo Olénin conseguiu saber o que estava acontecendo.

A ronda de cossacos encontrou um grupo de montanheses a oito verstas da povoação. Eles se entrincheiraram, estavam atirando e disseram que não iam se entregar vivos. O sargento da ronda mandou um dos cossacos chamar o reforço e lá ficou de vigia com outros dois.

O sol acabara de nascer. A umas três verstas da povoação, a estepe estendia-se para todos os lados. Nada se via além da monótona e triste planície cheia de rastros de gado na areia, vegetação murcha aqui e acolá, junco baixo nos vales e nas veredas raras e mal trilhadas e, longe no horizonte, os acampamentos de nogaios. Surpreendia a ausência de sombra e dos tons sombrios do local. O nascer e o pôr do sol são sempre vermelhos. Quando venta, montanhas de areia são levadas para outros lugares. E na calmaria, como naquela manhã, o silêncio, que nenhum movimento ou som perturba, surpreendia mais ainda. Aquela manhã era calma e sombria, apesar do sol, e a sensação desértica era especial. O ar estava parado; ouviam-se somente os passos e bufadas dos cavalos, mas mesmo esse ruído era fraco e logo se extinguia.

Os cossacos andavam em silêncio. Suas armas estavam presas para não tinir. O tinir das armas é a maior desonra para um cossaco. Dois cossacos alcançaram o grupo e trocaram duas ou três palavras. O cavalo de Lukachka tropeçou ou a pata ficou presa pela vegetação e ele estacou. Entre os cossacos, isso é considerado mau sinal. Eles olharam para trás e se viraram, procurando não dar atenção a essa circunstância, que naquele momento era muito significativa. Lukachka puxou as rédeas, ficou tenso, apertou os dentes e agitou o látego sobre a cabeça. O bom cabardino mudava de pé, sem saber qual pôr na frente e como que querendo abrir asas e voar. Lukachka açoitou-o nas ancas uma vez, outra e depois da terceira o cabardino arreganhou os dentes, bufou, levantou o rabo, subiu nas patas traseiras e disparou, ficando alguns metros à frente dos outros cavaleiros.

— Ah, é bom esse cavalo! — disse o sargento.

— É uma fera! — confirmou um dos cossacos mais velhos.

Os cossacos andavam calados, ora a passo, ora a trote curto, e apenas uma circunstância interrompeu o silêncio e a solenidade desse movimento.

Nas oito verstas do caminho pela estepe eles encontraram apenas uma tenda nogaia montada numa carroça, que se movia devagar a uma versta deles. Era uma família nogaia que se mudava de um acampamento para outro. E encontraram também duas mulheres de zigomas salientes com cestas nas quais recolhiam o esterco do gado que vagava pela estepe.

O sargento, que mal sabia a língua desse povo, começou a lhes fazer perguntas, mas elas não o entendiam e, acanhadas, só se entreolhavam.

Lukachka aproximou-se, parou o cavalo, pronunciou a saudação nogaia comum e elas se animaram e falaram com ele como se fosse um irmão.

— *Ai, ai, kop abrek!* — disseram as mulheres em tom lamentoso, apontando para a direção que seguiam os cossacos.

"Muitos abreques", entendeu Olénin.

Como ele nunca tinha visto coisas desse tipo e só sabia delas pelas histórias do tio Ierochka, Olénin queria ver tudo com seus próprios olhos e não se afastava dos cossacos. Olhava para eles com admiração, escutava-os, prestava atenção a tudo e fazia suas observações. Mesmo tendo trazido consigo o sabre e a espingarda carregada, resolveu não participar da operação militar ao notar que os cossacos fugiam dele, tanto mais que a sua valentia já fora provada no destacamento e, principalmente, porque agora ele estava muito feliz.

De repente, ouviu-se um tiro.

O sargento ficou agitado e começou a dar ordens aos cossacos sobre como se dividir e por que lado se aproximar. Mas os cossacos não davam atenção a essas ordens, olhando para Lukachka e ouvindo o que ele dizia. O rosto e a figura solene de Lukachka expressavam tranquilidade. Olhando atentamente para frente, ele cavalgava a passo, mas os outros cavalos mal conseguiam acompanhá-lo.

— Vem vindo um a cavalo — disse ele segurando o seu cabardino, esperando os outros se alinharem com ele.

Olénin não enxergava nada por mais que se esforçasse.

Logo em seguida os cossacos enxergaram dois cavaleiros e foram ao encontro deles.

— São abreques? — perguntou Olénin.

Os cossacos nem responderam essa pergunta, absurda para eles. Os abreques não eram tolos a ponto de atravessar o rio a cavalo.

— Aquele que está acenando parece ser Rodhka[43] — disse Lukachka, apontando para os cavaleiros que se avistavam mais nitidamente. — Vêm vindo para cá.

De fato, alguns minutos depois ficou claro que eram os cossacos da ronda. O sargento Rodhka aproximou-se de Lukachka.

---

43 N.T.: Apelido de Rodion.

XLI

— Está longe ainda? — perguntou, apenas, Lukachka.

Nesse instante, ouviu-se um tiro seco a uns trinta passos. O sargento sorriu:

— É o nosso Gurka atirando — disse ele, apontando com a cabeça na direção do tiro.

Ao dar mais alguns passos, eles viram Gurka atrás de um outeiro de areia carregando a espingarda.

Entediado, ele trocava tiros com os abreques que estavam atrás de um outro outeiro, e foi de lá que a bala passou assobiando. O sargento estava pálido e confuso. Lukachka desceu do cavalo, entregou-o a um dos cossacos e, agachando-se, foi até Gurka. Olénin seguiu-o fazendo o mesmo. Mal chegaram até ele, ouviu-se o assobio de mais duas balas sobre eles. Lukachka, rindo, virou-se para Olénin, agachando-se mais ainda.

— Podem te acertar, Andréitch. É melhor você ir embora. Isso não é para você.

Mas Olénin queria ver os abreques de qualquer jeito.

De trás do outeiro ele viu gorros e espingardas a uns duzentos passos. De repente, surgiu uma fumacinha e assobiou mais uma bala. Os abreques estavam atrás de uma colina, no pântano. Olénin ficou impressionado com esse lugar. Era igual a outros na estepe, mas pelo fato de ser refúgio para os abreques, era como que se separasse do resto e fosse marcado por alguma coisa. Até lhe pareceu lógico abreques estarem justamente nesse lugar. Lukachka voltou a seu cavalo e Olénin foi atrás dele.

— Precisamos trazer uma carroça com feno — disse Lukachka —, senão vão nos matar todos. Ali, atrás daquele outeiro, tem uma carroça nogaia com feno.

O sargento concordou. O cossacos empurravam a carroça, protegendo-se com o feno. A carroça movia-se e os abreques (eram nove) ficavam sentados juntos uns dos outros e não atiravam.

Tudo estava calmo. De repente, do lado dos tchetchenos, ouviu-se um canto estranho e tristonho, parecido com o *ai-da-la-lai* de tio Ierochka. Os tchetchenos sabiam que não conseguiriam escapar e, para evitar a tentação de fugir, amarraram-se com cintos, joelho de um com joelho de outro, prepararam as espingardas e entoaram a canção agônica.

Os cossacos que traziam a carroça aproximavam-se deles e Olénin esperava o tiroteio começar a qualquer instante. Mas o silêncio era rompido somente pelo canto tristonho dos abreques. De repente a canção terminou, soou um tiro curto, a bala atingiu a grade da carroça, ouviram-se gritos e o praguejar dos tchetchenos. Os tiros seguiam-se um atrás do outro, as balas batiam na carroça. Os cossacos não atiravam, estando apenas a cinco passos dos abreques.

Um instante depois, os cossacos saltaram dos dois lados da carroça. Lukachka estava na frente. Olénin ouviu apenas alguns tiros, gritos e gemidos. Pareceu-lhe que estava vendo fumaça e sangue. Largou o cavalo e correu até os cossacos. O horror que viu o deixou estarrecido. Ele não distinguia nada, só entendeu que tudo estava terminado. Lukachka, branco como um lençol segurava nas mãos um tchetcheno ferido e gritava: "Não o matem! Eu o pegarei vivo!" Era aquele ruivo que viera buscar o corpo do irmão morto. Lukachka torcia-lhe os braços. De repente o tchetcheno arrancou-se e atirou em Lukachka com uma pistola. Lukachka caiu. No seu abdômen apareceu sangue. Ele se levantou, mas caiu novamente, praguejando em russo e em tártaro. O sangue sobre e debaixo dele aumentava. Os cossacos tiraram o cinto dele. Nazarka, antes de se ocupar com o amigo, não conseguiu colocar o sabre na bainha, errando o lado da arma. A lâmina do sabre estava ensanguentada.

Os tchetchenos, de curtos bigodes ruivos estavam no chão, mortos a balas e golpes de sabre. Somente aquele que atirou em Lukachka ainda estava vivo. Como um açor ferido (saía sangue por debaixo do olho direito dele), de cócoras, os dentes apertados, lançava olhares raivosos à sua volta e segurava um sabre ainda pretendendo se defender. O sargento aproximou-se dele de lado, como que contornando-o, e com um movimento rápido atirou com a pistola no ouvido dele. O tchetcheno estremeceu e caiu.

Ofegando, os cossacos carregavam os mortos, separando-os um do outro, e tiravam deles as armas. Cada um daqueles tchetchenos ruivos era um ser humano e cada um deles tinha sua própria expressão. Lukachka foi levado até a carroça. Ele continuava gritando.

— Vou te estrangular com minhas próprias mãos! Não vai escapar de mim! *Ani ceni!* — gritava ele, tentando se levantar. Depois silenciou de fraqueza.

Olénin foi para casa. À noite disseram-lhe que Lukachka estava à beira da morte, mas que um tártaro, do outro lado do rio, encarregou-se de tratá-lo com ervas.

Os corpos foram levados ao Conselho Administrativo da povoação. Uma multidão de mulheres e crianças olhava para eles.

Olénin voltou depois do pôr do sol. Ele não conseguia voltar a si depois de tudo que havia visto. Mas à noite lembrou-se dos acontecimentos do dia anterior. Olhou pela janela. Mariana ora entrava no estábulo, ora na casa, cuidando dos afazeres domésticos. Seu pai estava no Conselho Administrativo, a mãe não havia voltado do vinhedo. Olénin não esperou ela terminar suas tarefas e foi falar com ela. Ela estava em casa, de costas para ele. Olénin pensou que fosse por acanhamento.

— Mariana! — disse ele — Mariana! Posso entrar?

Ela se virou para ele. Havia lágrimas em seus olhos e tristeza no rosto bonito.

Ela calava, olhando para ele com ar imponente.

Olénin repetiu:

— Mariana, eu vim...

— Esqueça — disse ela. Seu rosto não se alterou, mas as lágrimas jorraram de seus olhos.

— Por quê? O que foi?

— O que foi? — disse ela com um tom áspero. — Cossacos foram mortos. Eis o que foi.

— Lukachka? — perguntou Olénin.

— Vá embora, o que quer de mim?

— Mariana! — disse Olénin aproximando-se dela.

— Jamais terá algo de mim.

— Mariana, não diga isso — suplicou Olénin.

— Vá embora, odeio você! — gritou Mariana, bateu o pé e avançou com ar ameaçador. No rosto dela Olénin viu tanta repulsa, tanto desprezo e ódio que não lhe restou nenhuma esperança, e o que ele pensara a respeito da inacessibilidade dessa mulher era pura verdade.

Olénin não disse nada e saiu correndo.

XLII

Ao voltar para casa, Olénin ficou deitado imóvel, depois foi ao comandante da companhia e pediu transferência para o estado-maior. Encarregou Vaniucha de acertar as contas com os donos da casa e, sem se despedir de ninguém, ia partir para a fortaleza onde estava aquartelado o regimento. Somente o tio Ierochka despediu-se dele. Eles beberam, beberam mais e mais. Assim como na despedida dele em Moscou, esperava-o perto do portão uma troica com cocheiro. Mas Olénin já não pensava em si mesmo como naquele momento, e não podia dizer que tudo o que pensava e falava nesse lugar não era aquilo. Ele já não prometia a si mesmo uma nova vida. Ele amava Marianka mais do que antes e sabia que nunca seria amado por ela.

— Bem, adeus, irmão — disse tio Ierochka. — Quando sair em campanha, seja mais inteligente, escute o conselho do velho. Numa incursao ou em outra situação (pois sou um lobo velho, vi de tudo), quando há tiroteio, não fique no meio da multidão. Vocês, os russos, quando sentem medo, procuram se misturar com os outros, acham que no meio do povo é melhor. Mas é o pior, porque atiram justamente contra a multidão. Eu costumava ficar longe, sozinho, por isso nunca fui ferido. E o que foi que eu já não vi na minha vida?

— E a bala que ficou nas suas costas? — perguntou Vaniucha, que estava arrumando o quarto.

— Isso foi uma travessura dos cossacos.

— Como assim, dos cossacos? — perguntou Olénin.

— Assim: estávamos bebendo e Vanhka Sitin, cossaco, bebeu demais, atirou com a pistola e acertou nesse lugar.

— Doeu muito? — perguntou Olénin. — Vaniucha, falta muito?

— Ei! Por que a pressa? Deixe-me contar... Ele atirou, mas a bala não atravessou o osso e aí ficou. Eu lhe disse: você me matou, irmão. Hein? O que você fez comigo? Eu não vou deixar isso assim. Você me deve um balde.

— E doeu muito? — repetiu a pergunta Olénin, que não prestava atenção à história.

— Deixe eu terminar de contar. Ele trouxe um balde. Bebemos. Mas o sangue continuava jorrando. A casa toda ficou toda ensanguentada. Aí o avô Burlak disse: "O rapaz vai bater as botas. Traz mais um garrafão de vinho doce, senão vamos te processar".

— Mas você sentia dor? — outra vez perguntou Olénin.

— Que dor! Não interrompa. Não gosto disso. Deixe-me contar. Continuamos bebendo e farreando até a madrugada. Adormeci bêbado. Quando acordei de manhã, não consegui endireitar as costas.

— Doía muito? — mais uma vez perguntou Olénin, esperando finalmente receber a resposta.

— Por acaso eu disse que doía? Não doía, só não podia endireitar as costas, não dava para andar.

— E depois, sarou? — perguntou Olénin e nem pôde rir de tão pesado que estava seu coração.

— Sarou. Mas a bala continua aí. Quer apalpar? — E ele levantou a camisa mostrando suas largas costas onde, perto do osso, estava a tal bala.

— Está vendo, ela fica rolando — disse ele, divertindo-se com a bala como com um brinquedo. — Agora rolou para o traseiro.

— E Lukachka, será que vai viver? — perguntou Olénin.

— Só Deus sabe. Não tem médico. Foram buscar.

— De onde vão trazer? De Groznyi? — perguntou Olénin.

— Não. Se eu fosse rei, mandaria enforcar todos os seus médicos russos. Só sabem cortar. Deixaram sem perna o nosso cossaco Baklachev, os idiotas. De que ele serve agora? Não, irmão, os verdadeiros médicos estão nas montanhas. Em campanha, o meu companheiro Guírtchik foi ferido no peito, aqui, e os seus doutores se recusaram a tratá-lo. Mas veio Saib, das montanhas, e o curou. Eles conhecem ervas, irmão.

— Ah, chega de falar bobagens. — disse Olénin. — É melhor eu mandar o médico do Estado-Maior.

— Bobagens! — arremedou o velho. — Seu tolo, tolo! Bobagens! Mandar o médico! Se seus médicos curassem, os cossacos e os tchetchenos iriam se tratar com eles, mas os seus oficiais e coronéis mandam trazer médicos das montanhas. Vocês só têm falsidade, só falsidade.

Olénin não respondeu. Concordava plenamente que tudo era falso naquele mundo no qual ele viveu e para o qual voltava.

— E como está Lukachka? Esteve com ele? — perguntou Olénin.

— Deitado como um morto. Não come, nem bebe, a sua alma só aceita vodca. Se bebe a vodca, menos mal. Dá pena o rapaz. Era um bom ginete, como eu. Eu também estive para morrer, assim, uma vez: as velhas já estavam chorando, chorando. Minha cabeça pegava fogo. Colocaram-me debaixo dos ícones de santos. Eu deitado e sobre mim, na lareira, uns tamborileiros pequenininhos tamborilando o tempo todo. Eu gritava para eles e eles tamborilavam mais forte ainda. — O velho riu. — As mulheres trouxeram o padre, queriam me enterrar. Contaram-lhe que eu tinha amizade com os leigos, farreava com a mulherada, matava gente, comia carne na quaresma e tocava balalaica. "Confesse", diziam. E eu confessava. Qualquer coisa que o padre perguntasse eu respondia: pequei. Perguntou da balalaica. "Isso também é pecado meu", respondi. "Onde está a maldita?", perguntou. "Mostre-a e quebre-a." E eu disse: "Não está mais comigo." Mas estava escondida na *isbuchka*, enrolada numa rede. Sabia que não iam encontrá-la. E me deixaram em paz. Acabei sobrevivendo. E comecei a tocar balalaica... Do que mesmo eu estava falando? — continuou ele. — Ouça-me, ande longe do povo. Senão, matam você por nada. Tenho carinho por você. Verdade. Você é beberrão e eu te amo. Vocês russos gostam de cavalgar pelas colinas. Vivia aqui um da Rússia. Bastava ele ver uma colina, ia lá, cavalgando. Um dia subiu numa e ficou feliz. Um tchetcheno atirou nele e o matou. Sim, os tchetchenos são hábeis em atirar do suporte! Tem uns mais hábeis do que eu. Não gosto quando matam assim, por nada. Olho às vezes para os seus soldados e me surpreendo. Que tolice! Andam, coitados, todos juntos. E ainda com golas vermelhas. Como não acertar neles?! Matam um, todos o carregam, aí matam outro. Que tolice! — repetiu o velho balançando a cabeça. — Em lugar de se dispersar e ir cada um separado. Siga andando honestamente e pronto. Pois ele não vai conseguir te mirar. Faça desse jeito.

— Bem, obrigado! Adeus, tio. Se Deus quiser, veremo-nos — disse Olénin, levantando-se e dirigindo-se à porta. O velho continuou sentado no chão e não se levantava.

— É assim que se despedem? Ê, seu tolo! — disse ele. — Como as pessoas mudaram! Um ano inteiro fomos amigos e de repente: adeus e se foi. Pois eu o amo e tenho tanta pena de você! Você é tão amargurado, tão solitário, sempre sozinho! Um desamado! Às vezes não durmo pensando em você, com pena. Diz uma canção:

> Ah, irmão querido, como é difícil
> Viver em terra estranha.

É o seu caso.

— Bem, adeus — disse Olénin.

O velho levantou-se e lhe estendeu a mão. Olénin apertou-a e quis sair.

— A cara, dá aqui sua cara.

O velho pegou o rosto de Olénin com ambas as mãos, beijou-o três vezes com os lábios e bigodes molhados e chorou.

— Amo você, adeus!

Olénin subiu na carroça.

— Como, vai partir assim? Deixe ao menos uma lembrança, irmão. Dê-me sua espingarda de presente, para que te servem duas? — disse o velho soluçando, com lágrimas sinceras.

Olénin pegou a espingarda e deu ao velho.

— Já deu demais a esse velho! — resmungou Vaniucha. — Tudo é pouco para ele! Velho pidão. Que povo! — disse ele vestindo o casaco e se acomodando no jogo dianteiro.

— Fica quieto, seu porco! — gritou o velho rindo. — Que avarento!

Mariana saiu do estábulo, olhou com indiferença para a troica, fez reverência e foi para casa.

— *La fille!* — disse Vaniucha, deu uma piscadela e riu bobamente.

— Anda! — ordenou Olénin em tom severo.

— Adeus, irmão! Adeus! Vou me lembrar de você! — gritou Ierochka.

Olénin olhou para trás. O tio Ierochka conversava com Mariana, provavelmente sobre seus próprios assuntos, e nenhum dos dois olhou para ele.

Este livro foi composto em
Electra LH no corpo 11/16
e impresso em papel Pólen soft 80g/m^2
pela RR Donnelley.